序 / 解　刚

父亲的新书即将出版，新书自然要配新序，“知父莫若子”，听上去既合情又在理，写序的任务就这么掟落我头上了，我也毫不推辞，顺水放舟欣然应允。

说是新书，其实相当部分是老面孔：诗歌、通讯、问答录、读后感，早已见报、出版、重印过多次，新添的只有从未公开的十几封家书和教科书般的乡愁美文，再配上些照片，是到目前为止类别最齐全的集子。

书中的诗、文、信函、问答几乎都出自国外，是名副其实的“海归”。“诗和远方”对一般人意味着是与眼前苟且相遥望的理想彼岸，对我则代表了身在异国的父亲和一首首从远方捎回的长短句。

远方的父亲

我1965年6月在北京出生，才没几天，父亲就登上国际列车告别祖国了。他是新中国第一批20名公派西方的留学生之一，前往法国格勒诺布尔大学攻读文学，向往外面的世界又“一步三回头”的纠结心情在《初出国门》那组诗里展现得淋漓尽致。

留在北京的母亲经常上夜班，带我的姥姥因地主成分被劝离首都回江苏乡下去了，没办法，只好把当时一岁零三个月的我放到新华社皇亭子幼儿园全托。等东国才子的父亲摇身一变为西都雅士学成回国时我已经三岁，见了面直管他叫“叔叔”。我从幼儿园一路全托到上小学，每周六晚班车接回来，星期日在家待一天，周一清早再送走。周末怎样度过已记不真切了，唯一印象深刻的是夏日雨中游西郊的那次。母亲去“五七”干校劳动锻炼，父亲带我们姐弟俩乘公交车辗转到了京西颐和园。只记得我们穿着雨衣冒雨在高高低低的假山中左一脚右一脚地穿梭跑闹，真是一段被雨淋湿的开心记忆。还有一个星期天，父母带我去同事家做客，我独自在楼外玩耍，不久有陌生人敲门询问屋内的大人：“这孩子是您家的吗？他执意拖着我，说叔叔您带我走吧！”看样子，我从小就向往外面的生活，想去见识遥远的未知世界。

还不曾见上几面，没等我长到上小学的年纪，父亲又向远方出发了。“天下伤心处，劳劳送客亭”，我们全家就这样，每隔两年有一次盼望已久的团聚，紧接着又是依依不舍的送机。

父亲每次回国都带来新玩意儿，第一次带了立体画片，对着亮处撳下按键，轮流欣赏埃菲尔铁塔、巴黎凯旋门和卢浮宫的美景。

第二次带回的是卡式录音机，里面传出父亲录制的广东音乐、侯宝林相声和世界名曲，可随时停放。再后来，21 寸彩电让家里的大房间成了小区娱乐中心，每天晚间都有十来人前来观看新闻和电视剧，我们自己则蜷在小房间看书、做功课。

我上小学三年级的时候，母亲也被派往国外，经莫斯科转机巴黎再飞突尼斯与父亲团聚。我和姐姐乘火车南下到杭州舅舅家开始新的生活，积攒自己的小城故事，体会细柳腴桃的湖畔诗意。

海外飞鸿

跟父母的联系全靠书信："亲爱的爸爸、妈妈，你们好吗？"发信、收信都是一月一封，寄到北京外交部信使队，信里通常附上近期的黑白照片。1976 年以后有了彩色照片，我觉得新奇且不可思议。家书，如同老歌里唱的，"曾在深秋，给我春光，能在黑夜，给我太阳"。我经常想象那位如古代柬房骑驿的信使，怀中紧紧抱着装满祝福的白色麻布包裹，警惕地坐在机舱里。没信的日子，偶尔翻翻床底下成箱的法文书，让那些打横的蟹行文字和书页散发的纸香，轻易地把我带向异域，那想象中遥远的国度，柑橘丰收，鲜花怒放。

高中以后，书信的内容也丰富了，不再是流水账般的这好那好，更多的是思想汇报、学习总结。父母的来信只中断过一次，后来才知道那次是父亲身染脑型疟疾，昏迷了许多天，跟死神迎面击掌打过招呼又转身各走各路，死里逃生了一回。

保送本校高中后，我被老师指定为班长，学期末成绩全班第二，这时形势一片大好，清华北大如囊中取物，一切尽在掌握。高一后的暑假，我开始放肆，如饥似渴地阅读各类课外书籍，哲学、文学、音乐、心理学，能到手的书都读。我从小爱读书，但早期无书可读，等到科学的春天终于到来，出版业也开始欣欣向荣的时候，又要忙于功课应付考试，无时间可用了。我一直盼望着有一天能随心所欲，这一天终于来了！我那时隔三岔五跑书店买紧俏书，因为就算当时全国最大的书店——王府井新华书店通常也是来书不多，一个品种也才几本存货，手快有手慢无。但父亲反对我此时“跑题”，多次在信中提醒我“对焦聚光”，觉得应该集中精力全力以赴备战高考。读书、听音乐确实占用时间，因此影响了成绩和排名，父母在外一直放心不下，相熟的老师、同学也轮番劝说，我当然照单全收，稍微收敛。回想往事，面对所有人的不理解，可以说是与教育制度相悖，那时我承担的压力是沉重的。但这段自我规划正是青春岁月中最重要的一部分，让我充实了知识基础，发展了哲学眼光，它令我在今后的岁月里充满勇气和自信，不用眼前的利益交换未来。

文科理科好比东宫西宫，需要平衡。我跟几乎所有理工科学生一样，数理化已经好得不怕走遍天下了，但碰到写文章就发怵头疼。其实说到底，下笔空洞、言之无物是因为囊中羞涩、腹笥太俭，吃得少拉不多，读得少自然写不来。针对改变写作的大量阅读和积极思考相当于冬季进补，读得越多越有表达的欲望，有投入就有产出，渐渐地，写作不再是恐怖的词汇，而是快乐的积累。高考的时候，我的语文获了高分，作文更是因为写得精彩，原张试卷被放进档案里，一路跟随我上大学、换工作。高考总成绩也符合预期，达到了进入北大清华的分数线，远远超出厦门大学的录取要求，我如愿以偿奔赴远方。父亲得知消息，高兴地写了《飞吧，我的雏鹰》。

大学的第二个学期，同窗间有了知心好友，我和他们分享了往时父亲的信札，他们将这些手书称作“新傅雷家书”。之后的青葱岁月，他们跟我一起，每月焦急地等待，热切地开缄捧读，黑暗中争相传抄，第二天塞进信封贴上邮票寄向祖国四方。

有朋自远方来

1978年，父母一起回到新华总社工作，我们姐弟也告别了舅舅一家回京上学。父亲花了整整一学期培养我良好的自学习惯，又翻箱倒柜地找出搜集多年的资料，利用业余时间着手编纂法汉辞典，干累了就选译一则童话调剂枯燥的词条挑选工作，一手执中椠一手握西铅，撸起袖子左右开弓。

在国内生活的这四年安心而忙碌，还不时有远方的朋友来京小住，看望他们。

陈宗宝，知名翻译学者，是父亲的大学同班好友、老大哥。人民文学出版社要付梓他翻译的福楼拜的作品《情感教育》，他进京改稿住在家里，休息时跟父亲聊从前、聊国外。周末他们南京大学的同班同学、在国家体委任职的魏纪中也加入聚会，一讨论就是大半天。可惜陈宗宝的身体欠佳，长期全心扑在翻译事业上，退休不久便早早去世了。

许医农，后来是三联书店的大编辑，那时在贵州少儿出版社工作，看名字读来信，还以为是个男编辑，去北京火车站接人差点错过，周折半天接到人才知道是个四五十岁的黑瘦女人。她在报上读到父亲翻译的童话，认为正好可以揽进其筹划出版的《世界儿童童话选》，于是专程来北京组稿。这个精力充沛的小老太是个拼命三娘，住在我家埋头工作，从早到晚几乎不吃不喝，累了就起身正一正假发头套。多年以后，她到广州修改《山坳上的中国》校对稿，我们又见过面。再之后，她调去北京三联书店工作，一直没找到见面的机会了。

父母在突尼斯的好朋友——作家法尔西夫妇，专程到北京来看望我们，而且希望到家里坐坐。但那时因特殊情况没能设家宴招待贵客，我们只好登门拜访，在北京饭店喝喝咖啡叙叙旧了。

1980 年，姐姐考上了首都师范大学，次年我被保送本校高中，父母不用再担心我们的学业，就接受了外派任务，再次离开祖国。

诗自远方来

父亲的第一首诗是嵌在他信里的。暑假我收到他的信，被告知我们的好朋友，法尔西的德国籍夫人几个月前出车祸身亡了，当初怕影响我们期末考试就刻意隐瞒，毕竟我们曾经在北京欢声笑语、开心交谈，也时常通过父母相互问候，彼此感情不一般。悲痛出诗人，“我心忧伤，惄焉如捣”，多年不写诗的父亲当夜用法文写了一首十四行悼念诗，信里抄录的正是法语诗的中文译本。可惜那封信多年前就已找不到了，只记得其中一句精彩的比喻，“用泪珠穿成钻石项链／用思念绑扎五彩花环”。

父亲诗兴一发便不可收拾，思绪持续发酵不断收获，短短两年居然写了30来首，1986年在突尼斯出版了法文诗集。老诗人艾青题写的书名“聘如诗选”用作封底，青年画家方振宁设计了清爽的封面，纯白的四围，中间是一幅小画：湛蓝的天，深紫的地中海，高低连绵的白房子，尖拱形的门窗，高耸的清真寺铺盖绿色的瓦顶。

诗集引发了小小的轰动，记者兼外交官成了诗人！虽然并不乏前人先例，诺贝尔文学奖获得者圣-琼·佩斯曾在北京的法国大使馆任职，著名诗人聂鲁达也代表智利在西班牙、印度尼西亚、墨西哥等地担任过领事。但在当地这可是一桩新鲜事儿，突尼斯大学专门举办了聘如作品朗诵会，会后学生们踊跃提问，父亲机智应答，这被林贤治称作“是热情的喷泉，是自由往返的潮汐，是智慧的灵雨”的对话，就是《聘如问答录》（以下简称《问答录》）的雏形。

父亲自谦是“一个不会作诗却以诗为魂的人”，但外界还是把他认作诗人，不然联合国教科文组织也不会在2001年邀请他作为唯一的中国代表参加世界诗歌学会的成立大会。2012年，我在意大利度假时专门绕道去了成立大会的举办地维罗纳。看过朱丽叶的阳台、古罗马圆形剧场、斑驳的城门、河边的小山丘，然后按父亲的描述到处寻找世界诗歌学会成立的教堂，我幻想着当晚摆在长廊里的晚宴，诗人们抑扬顿挫的朗诵声，祝福酒杯清脆的碰撞声，亚非拉欧美同行爽朗的笑声，轻柔的现场演奏交错在一起，昏暗的烛光与明亮的射灯交织出夜色。

父亲的老友曾日华台长说，“行走出诗人”。一来是指见识多、诗绪广、灵感来得快，二来大概是说距离产生追求吧。我在高二疯狂读书时看过日本作家松浦友久写的《李白——诗歌及其内在心象》

一书，对里面的内容印象深刻，它甚至对我之后的人生选择起了作用，让我铁了心的一门心思行走远方。“要想成为一个卓越的政治家、文学家，拯救人民于水火之中，就必须要具有广博的知识、高深的见解。为了培养这些，就必须遍游天下，亲身体察人情的机微，详细了解历史的兴亡。”“置身异乡，才可以使他在不断变化的未知环境中打开心灵的大门。新的土地，新的风俗，新的人间关系；就在这样的变化中，培养广泛的兴趣，萌发深切的关心，他宁愿使自己的一生永远处于这种不断的追求之中，而这又是只有身怀着柔情备至的心胸的人才可能做得到的。”诗与远方无法拆散，诗就是向远方的不断行走。

父亲的诗是白描，平实散淡又有哲理的极简风格，没有朦胧晦涩的暗喻意象，反而清汤寡水透彻见底，类似白香山、胡适之、泰戈尔。初读会觉出淡来，再读浓烈些，反复用心读，便出了味道，很像泡过五六道的上好生茶。他的一些流云小诗般的短篇特别耐得住细品，有一些点睛的佳句，而长诗则情感充沛又不乏知识和思索，很适宜配乐朗诵，轻易就催人泪下。这些年他的作品专场演出多起来了，一众名角纷纷提议：不如咱们成立个广东省朗诵协会吧，我们有家可归有依靠，协会既可组织演出又能推广朗诵艺术、培养兴趣爱好者！父亲因德高望重被众人一致推为首任名誉会长。

画家齐白石曾自称“诗第一，印第二，书第三，画第四”，诗人父亲则自认是“问答第一，摄影第二，文第三，诗排最末”。

确实，与“一水牵愁万里长”的组诗不同，《问答录》言简意赅，往往一语戳中、一针见血，从书里挑选的这 100 问甚至被兴化中学孔子书院院长誉为“当代《论语》”。钱钟书在《旧文四篇》里写道：“诗、词、笔记里，小说、戏曲里，乃至谣谚和训诂里，往往无意中三言两语，说出了益人神智的精湛见解，含蕴着很新鲜的艺术理论，值得我们重视和表彰。”钱大师不曾有机会读到《问答录》，如果读了，他也许会说，这正是我欣赏的那些益人神智、见解精湛的三言两句，语胜长篇宏论！

武汉大学法国研究所所长叶汝琏教授是我在厦门大学结识的忘年交，圣－琼·佩斯的诗正是他引进中国并亲自翻译的。他那年来厦门开研讨会时迷了路，我正好经过为他指明方向，自此以后，两人成了好朋友，一直通信到他去世前。叶教授大部分时间住在巴黎，每年回武汉只待两三个月，我给他写的信，有时大半年才收得到。后来我赴香港工作，他一时没拿到新地址，灵机一动把信寄给父亲代为转交。新书寄过去，他颇为客套地说喜欢父亲的诗，但是谈到《问答录》，“我被折服了！”“不是喜欢，我是狂爱！”他赞不绝口，唠唠叨叨，催我速寄法文的原稿。

最喜欢《问答录》的是一位颇有名气的音乐人，他在绿皮火车上一遍遍恭听广播里循环播放达式常、姚锡娟的一问一答，用笔认真地记录每一段对答，算是喜爱之极了。然而只是简单地放入收藏夹还不够，他还有更强烈的表达！都说热爱就是不分你我融为一体，他干脆原样复制一份《问答录》，悉数收进名为《音乐与人生》的书里占为己有，堂而皇之地署名出版印刷。广东某出版社的小萧户口挂在我家，那天一早过来归还户口本，顺手带了这本他觉得还不错的书，让父亲有空随便翻翻，没想到，把“赃物”

直接交回“失主”手上，被抓个正着。后来，父亲以一贯的宽容了结了此事，是非分明后没有继续追究，保全了侵权者的颜面。

诗人为官

文如其人，诗如其人，政也如其人。诗人做官做得好，与诗无关，与无私和善良有关，当年白居易如此，苏东坡、辛弃疾、龚自珍皆如此，父亲也如此。反过来，官员诗写得好，与官位无关，与品德和修养有关。

“当官的写不出好诗！”曾台长那年就这么武断过。毕业于华南师范大学中文系的他才逾八斗出手成章，加上自幼就在散文大师秦牧身边生活，长期的耳濡目染培养了他良好的品位。有眼光就容易清高，他看不惯官场上有人利用职务之便装模作样地舞文弄墨糟蹋文坛，或者拉关系耍威风出版自己的作品集。当广州电视台文艺部主任陆正平向曾台汇报，准备拍摄专题片介绍父亲的诗歌时，曾台看看选题问了问，诗人何方神仙？似乎没怎么听说过。陆主任说是外事办主任，他的诗很棒。曾台的第一反应是，对方以权谋私，而你陆正平是想套近乎吧？想也不用想，马上拧头反对，不行！一票否决了。陆主任和集策划、导演、摄像于一身的才子陈飞鹏都不服气：你读都没读怎么就说不批！过两天拿了详细方案，分镜头，解说词，带上父亲的诗集再闯曾台办公室。曾台这次花了时间仔细阅读，哎呀，果然好诗！我错怪你们了！赶紧牵线，我要结识解主任！从此他们成为知心朋友。我也因为专题片结识了厦门大学校友陈飞鹏并成为挚友，彼此有谈不完的话题。飞鹏兄最近整理出版了

《弘一法师书信全集》，是迄今为止较为权威的版本，功德无量。

父亲是广州第一个会讲外语的外事官员，他经常陪同市长、省长参加涉外活动，领导向外宾介绍他时，总是会说“解主任是诗人、学者，我们广州市的作协副主席”。他被首任法国总领事赞为法语讲得最地道的人，这是在跟一位瑞士公司的首席代表开会聊天时她无意中说起的。总领事告诉学法语出身的她：“广州法文最好，发音最纯正地道的是市政府外事办‘Xie’主任。”这位朋友并不知道她提及的正是我父亲，想想还真有趣。

法国里昂市、新西兰奥克兰市、德国法兰克福市与广州结为友好城市，都是父亲来广州后主持并谈成功的。但在我看来，外办签证处改革才是他“为人民服务”宗旨的最好体现，工作作风超前了将近30年。

20世纪80年代末，父亲从外交部争取到公务签证的审批权，广州市不必像之前那样要先跑省里办手续了。正当知情者窃喜，以为权力到手之际，父亲宣布了新政：树立新风尚，要微笑服务，群众办事不得跑两次以上，所需材料须一次说清，当日事当日毕，不可人为拖拉。以前要两到三个星期才批得下来的公务事项，现在只要两个工作日。签证处多次荣获“市政府先进处室”称号，《广州日报》头版头条赞扬市外办改变了“门难进、脸难看、事难办”的窗口形象。

父亲最喜欢的书法是老导演谢添写给他的“唯真诚可以永恒”，装裱完镶好框挂在老家的宅子里。谢老当年将《问答录》视若珍宝，尤爱其中的这一句，特地用他独有的倒笔书法写了这帧条幅赠予父亲。往事如烟，人事如风，世事如云，谢添走了，但他的真诚犹存，他的手泽如新，他被人们记得牢靠。父亲处事真诚、与人为善，助人才是生活的愉悦和安慰之所在，但厚道常被理解成软弱，甚至妨碍了他的仕途前程。但正所谓“好事不白做”，善良让他在人生的路口一次次逢凶化吉。

一帮年轻有为的“聪明人”，目标远大不囿于现状，实践厚黑歪用鬼谷子，长于你吹我捧拉帮结派，一路顺风顺水，碰到讲道理、守原则的父亲受了阻碍，怒起而攻之。父亲只有真诚这一件“护身甲”，哪里抵得过一群中山狼的四面夹击，于是被排挤、被调查、被窃听、被试图强加罪名，“因谗冤遣逐”，仿佛流贬的李白。父亲严守原则，从不触碰有油水的项目，他们查不到问题抓不住任何把柄，能做的唯有孤立他这个异类好人。“情发于中，文形于外，故愤忧怨伤之作，通计今古，十之九焉。”这次真是愤怒出诗人了，父亲激愤中写下几首好诗——《海问》《留》《落叶》，算是因祸得福。善恶的走向永远不会交叉，结局也并不如一时嚣张者所愿，作恶之人轻易就被时间淘汰销蚀了，正所谓机关算尽反误了年轻生命，再次诠释了留下的、恒存的唯有真诚。

退休后，父亲牵头成立了广州民营经济发展研究会，并任创会会长。请北京等地的名家大腕给企业家做讲座，真心想帮企业解决实际困难。某企业家准备赴欧洲展销，法国签证被拒，时间紧急，父亲提笔写信给新来的第四任总领事，由我转交，晓之以理，终于动之以情，企业家顺利成行。总领事章泰年知道了父亲为中法友谊所做的众多事迹，亲自致函法国总理，强烈推荐向父亲颁发最高勋章。法方本来已经批准向父亲颁发代表最高荣誉的总统勋章，但受当时的政治环境影响，荣誉自动降级，于是改颁了“法国教育勋章”（又称“法兰西教育骑士勋章”）。章泰年一直到离开广州赴印度履新前，都在感叹机不逢时的遗憾。

永远的乡愁

“把一生投入旅行生活中的过程，也就是永远把故乡强烈地作为故乡意识于头脑的过程。一个一生也没有离开过故乡的人，当然也就永远无法理解潮水般猛烈涌来的乡愁，故乡这个词不正是作为异乡、他乡的对比才有生命的吗？把一生交付于旅行，正是作为一个诗人的李白，为了能够使自己永远处于吟咏乡愁的立场上，而自行选定的道路。”30多年前，读了松浦友久的这段文字，我打定主意要离开北京报考远方的学校。离开京城，我开始爱听京戏，开始嘴馋北京的小吃——虎坊桥油炸糕、自来红糖火烧。

父亲原来写过不少好散文，但一路写一路丢，从来都是为公家写报道，哪里想过要私有化种自留地呢！时间一长，早忘了当初报纸杂志的名称和日期，再也查寻不回，真的成了失“散”的“文”章。

近期的作品《迢迢万里路　悠悠故乡情》原是家乡文化局的约稿，结果写成一篇“乡贤的美文”，在号称“小说之乡”的兴化声名广传，感动了无数同乡人。父亲小时候在海池河边上学、玩耍，晚年落叶归根也选了海池河边新盖的公寓。12岁独自离开赴外地求学，“随飞扬的芦花，一去万里不曾回眸，这一走便是几十个年头”，他几乎走遍了世界，踏足近50个国家，这是个很惊人的数字！我几乎每年出外，但至今仅到过30多个国家。

和李白一样，父亲“离开家乡就是为了思念她，这一点我体味最深。离家越远，乡愁越浓；离童年越远，乡思的尺码越大”。兴化的菜花最美，“日本上野漫天飘泻满地铺落的樱花，荷兰利斯小镇里郁金香的五彩‘海洋’，法国普罗旺斯香气四溢的紫色薰衣草……但它们都不抵兴化黄灿灿的油菜花那样摇曳游子的心怀。樱花太过苍白娇气，郁金香太炫艳、太高傲，薰衣草太浓郁、太诱惑，油菜花浓淡相宜，风车前，垛田上，朴素又实在，如阳光洒满大地。”父亲的美文一出，世界四大花海的说法就被到处引用，现在已成了兴化宣传菜花节的保留广告词。

“世界很大，我走到现在仍未停步。可是世界再大，我也绕不出家乡兴化‘烧饼大的庄子’，也走不尽故土兴化‘油条长的巷子’。”每次，卢吉雄的配乐朗诵读到这里时都会令现场的听众饱含热泪，相信这是一篇比永远传诵得更远的真情文字，会在文学史里占有小小的一角。

拉杂了这许多渐行渐远的鸡零狗碎小事，一回头全是父母恩重如山的大爱。福州有句土话：“只有心肝疼下去，没有肚子疼上来。”意思是父母疼爱子女会更天然、更多一些，晚辈做的差得远呢。这是实话，比起父母无私无怨的爱，我们奉还得太少太少，心中自疚惭愧，是为序。

父子合影

目录

壹 足迹

贰 感悟

叁 对话

解聘如在海外时期留影

壹 足迹

作者足迹遍布世界各国，其间创作的诗札（节选）

引子：解诗新语 /

曾日华

行走出诗人。

解聘如，在几十年外交及新华社驻外记者的生涯中，走访过五大洲的近 50 个国家和地区，专访过法国、阿尔及利亚等 10 多位国家首脑及巴勒斯坦领袖阿拉法特，担任过我国总理、副总理出访时的首席记者。行走世界，感悟人生。在上苍和大地之间，发出了上下求索的思考——《聘如问答录》，并以法文、阿拉伯文、英文及中文，陆续在突尼斯、埃及、印度、美国等国家的诗刊或诗选上转载，在国内各地也以手抄本的传抄方式广泛流传着……2001 年，应联合国教科文组织的邀请，作为中国代表，解聘如出席了世界诗歌学会成立大会，当选为学会委员，成为世界文坛上知名的中国诗人。

泱泱中华，地大物博，历朝历代都有行走诗人。诗词登峰造极的唐宋时代，交通困难，难不倒中华文化的交流融合。惊叹“蜀道之难，难于上青天”的李白，云游四方，描绘着祖国山河的雄伟壮丽，展现了仗剑走天涯的侠义诗人的爱国情怀。还有一生三起三落的苏东坡，颠沛流离于各地，却兼济天下，独善其身，成为千古风流人物的豪放派代表。

经历、阅历、游历，走出了哲理深邃而又激情澎湃的时代诗人。

诗人聘如，你从中国走来，带着中华文化的自信，笑看变幻的世界风云。你在纽约自由女神像前的对话，“我亲眼看到了 / 自由女神高高矗立 / 但是比她更高的 / 是商业和金融的大厦 / 还有比摩天大楼更高的 / 那是蓝天和银河”。在尼罗河畔的金字塔前，“我，长江黄河的儿子 / 如同膜拜故乡的长城 / 对于这一不朽的创造物 / 由衷地深深致敬 / 在朦胧的月色里 / 我看到影影绰绰的塔身 / 酷似一个庞大的包袱 / 遗落在荒漠上 / 我突然担心 / 可别有夜行人 / 为了贪便宜 / 把它背上身”。字里行间，既渗透着对各国物质文化的尊重和敬意，又透露出东方的哲理和智慧，进而使中华文化的博大格局和海纳百川的包容，融入世界文明长河之中。

诗人聘如，你从故里——江苏兴化走来。在五湖四海的经纬大地上，你走过“比脚更长的路”，翻过“比人更高的山”，山高路远，曾经沧海之后，你自我评价笔下的诗作：“我的诗是鲜红的 / 它是从心头滴出的血 / 我的诗是碧绿的 / 它是根植于大地的生命。”大地的生命来源于故土的一草一木，故乡的水最清，最柔情；老家的菜花最美，浓淡总相宜；故里的饮食又香又甜，总合胃口。“世界很大，我走到现在仍未停步。可是世界再大，我也绕不出家乡兴化‘烧饼大的庄子’，也走不尽故土兴化‘油条长的巷子’。”乡音渐浅，乡情越切，乡愁更浓，家国情怀渐透遍诗人的诗魂诗意之中了。

诗言志。人生的问答，不可能回避对人生与永恒的思考。

问 : 你对瞬间和永恒的理解?

答 : 漫长不等于永恒，美的瞬间却可以成为美的永恒。

问 : 那么什么可以永恒?

答 : 唯真诚可以永恒。

诗人聘如，你从兴化“四牌楼”亭下走来，牌坊上高挂解家祖训——“忠诚正直”的牌匾，走出国门，走向纷纷攘攘的江湖。

聘如真诚地剖析自己，真诚地尊重他人，真诚地拥抱世界，与志同道合者一道，共存共赢，迎接着人类命运共同体的每一个明天。

（曾日华，曾任广州电视台副台长、广州市文联副主席、香港凤凰卫视欧洲台副台长）

海外诗札

初出国门

一九六五年，我作为新中国第一批公派西方的留学生之一，第一次跨出祖国的大门。

那是十月一个玫瑰色的黄昏
我乘坐北京—莫斯科
国际列车
从内蒙古的二连浩特
第一次跨出国门

真是一生难忘的
庄严时刻
列车开动了
一寸一尺一丈
离开了祖国的边境

暮色在加重
我的心在下沉
像一艘不愿起航的
远洋轮
抛下铁锚
赖在港口不走

我沉默着
内心却在流泪

像一个孩子
扯着妈妈的衣角不放
妈妈
我不想走了

我不是盼望着出国
见见外面的世界吗
当我听到被选派留学的消息
不是兴奋得睡不着觉吗
啊，妈妈原谅我
毕竟这是我第一次离开你

列车驶过一公里的中间带
掠过一座界碑
南面刻着中华人民共和国
北面写着蒙古人民共和国
再是一公里的中间地带
缓缓停靠蒙古的边境小站

车站只有一座塔形钟楼
在暮色里显得孤单和陌生
列车要在这里稍事停留
我急步迈上月台
一群归鸟正飞向南边
捎回我的目光和思念

蒙古草原

星光下
车窗外旷野无边
阳光下
车窗外茫茫一片

晃了一天又一夜
看不到厂房
也见不到牛羊
连个人影都没发现

突然，一匹坐骑飞驰而来
在列车的前方
跳下一个穿蒙古长袍的汉子
举起“令箭牌”报告前方一路通畅

列宁故居

莫斯科郊外的高尔克村
有片茂密的小树林
一幢普通的小楼
坐落在树林中

列宁曾在这里养伤
批文、读报、写文章
闲时小路散步
驻足歇脚在长椅上

一九二四年一月的那一天
列宁在这里闭上了眼
工人们抬着他的遗体
悲伤压得他们举步维艰

今天，抬着列宁遗体的工人
定格在楼前的草坪上
仿佛真人凝固的化石
却是一组青铜雕像

过华沙

我没有忘记
第二次世界大战
给华沙留下的是废墟
是血泊是泪河

如今废墟上冒出了
鳞次栉比的楼房
鲜血浇灌的树木
浓荫庇护着这座英雄的城市

○ 在法兰西土地上

巴黎的美

巴黎的美
美在她形体的妩媚
凡尔赛是恋人的梦境
卢浮宫的微笑使人心醉
圣母院是一尊雄伟的雕塑
凯旋门辐射出都市的华丽
地铁如飞舞的金蛇
塞纳河上的桥身像淑女多姿
清晨铁塔下醒来了绿色城市
黄昏布洛涅树林撒满了金辉

巴黎的美
美在它内在的魅力
巴士底监狱被人民亲手拆毁

自由平等博爱的旗帜在这里升起
巴黎公社是一次伟大尝试
国际歌开创了一代新诗
莫里哀、伏尔泰、巴尔扎克、雨果、莫泊桑、都德
在这座城市的屋顶下
为人类写下了不朽巨著
用民主、科学和爱国主义启发人民的思维

难怪恩格斯曾经赞美
世界都市美数巴黎
只有法兰西人
才能建造出这样美的城市

永恒的爱

—— 观罗丹大师杰作《吻》

远离了污秽
远离了喧嚣
他和她
在这片净土上
用整个身心的甜蜜
汇成透明的泉水
那起伏的曲线
流出了永恒的主题
和主题的永恒

主题的永恒
永恒的主题
那起伏的曲线
汇成透明的泉水
用整个身心的甜蜜
在这片净土上
她和他
远离了喧嚣
远离了污秽

凡尔赛宫的四季

我静静地躺在草地上
谛听云雀杜鹃的呼唤
任草香花香悄悄包围

夏天在凡尔赛宫的花园里
我静静地坐在长椅上
呼吸喷泉飘来的凉雾
捕捉浓荫筛落的月影

秋天在凡尔赛宫的花园里
我静静地穿过金色的树林
踏着沙沙作响的落叶
捡拾最成熟的诗句

冬天在凡尔赛宫的花园里
我静静地踏在雪地上
拜访湖边的青铜雕像
请历史指点未来

巴黎圣母院

巍峨、精致、庄严
名不虚传的巴黎圣母院

三座巨大的门上
刻了二十八尊浮雕

大厅内光线暗淡
高高的玻璃窗色彩斑斓

几名信徒在默默祈祷
不断的人流都是游客

走出这座八百年的大教堂
阳光刺得眼睛睁不开

广场上停满了旅游车
吉卜赛女郎没有了表演场地

我仰望钟楼
不见了雨果笔下的敲钟人

永恒的微笑

蒙娜丽莎的笑发自内心
所以称作永恒的微笑

她的微笑　是一株玫瑰
芳香推开人的心扉

她的微笑　是一道长桥
缩短了人与人的距离

她的微笑　是一座高塔
人的境界随之升高

她的微笑　是一股甘泉
自己甜别人也甜

人人都漾出这样的微笑
世界将变得多么美好

一条小街

临近意大利广场
有一条戈德弗鲁瓦街
17 号那栋陈旧的小楼
曾有几名中国留学生
在这里居住

数十年过去了
人们才知道
这几平方米的小天地
竟容纳过新中国的栋梁
周恩来、邓小平、李富春、陈毅

法国总统德斯坦
为小楼前的铜牌
主持了揭幕典礼
上面写着“1922—1924 年间
周恩来曾在此常驻”

人们源源不断前来瞻仰
寻访伟人的足迹
接受历史的启迪
无论是个人还是民族
重要的是目标和道路

埃菲尔铁塔

三百多米高的埃菲尔铁塔
耸立在塞纳河畔
整整一个世纪了
仍是现代巴黎的地标

当年钢铁过剩
有人突发奇想
建一座铁塔
庆祝大革命百年生辰

一百年来，它得到了多少收益
赢得了多少赞誉
至今英姿不减
仍在发挥潜力

巴尔扎克故居

六间小房，八年就诞生了一部巨卷
泪水和着汗水的《人间喜剧》

六间小房，竟装得下
《邦斯舅舅》《贝姨》等千百个人物
一天工作十六个小时
空气里溢满了提神的咖啡
巴尔扎克呕心沥血奉献人类
背上却压着沉重的高利贷

一八五〇年，文学巨星陨落了
留下了永不陨落的光辉

有这么一个墓地

巴黎的塞纳河畔
有一座公园似的墓地
黑大理石、红花岗岩的墓碑
整齐地排列着

纵横交错的小径上
游人在静静地散步
他们不时弯下腰
默读金色的碑文

“在这冰冷的世界上
只有你给我温暖”

“你是我
最忠实的朋友”

“你的美德
任何人都比不上”

“失去你
就失去了我的春天”

许多墓碑前
放着带露珠的鲜花

墓地充满了温馨
充满了爱
和埋藏在爱底深处的
悲哀

墓地的入口处
有一块纪念碑
碑面是一幅狗的浮雕
下面写着：

“它救出了
四十二个溺水者
救第四十三个时
因力竭而牺牲了”

有人愤慨
穷人的墓地
还不如狗的气派
有人感慨
好多人就是
连狗都不如

格勒诺布尔，我的大学城

格勒诺布尔　我的大学城
伊泽尔河唱着春天的歌
岸边垂着熟透的樱桃
田野铺满了红唇般的草莓

格勒诺布尔　我的大学城
阿尔卑斯山唱着夏天的歌
山下人们游泳，山上人们滑雪
七月里山顶还会飘起雪花

格勒诺布尔　我的大学城
美丽的校园唱着秋天的歌
金色的落叶铺满石椅的时候
欢声笑语的学生们走进校门

格勒诺布尔　我的大学城
大街上商店唱着冬天的歌
琳琅满目的圣诞树上
挂满了人们的梦想与欢乐

○ 聆听德意志

莱茵河

莱茵河流淌着
多少熟悉的名字

歌德故居的灯光
透射出人生哲理的光芒

在暴风雨卷起的惊涛上
那是贝多芬的“命运”之舟

星光下两个青年设计明天
马克思、恩格斯坐在河边

海涅在声闻岩下叹息
莱茵河失去了少女萝莉莱的歌声

指挥大师卡拉扬

指挥大师卡拉扬
他是贝多芬圣殿里
最出色的导游

他把听众带进了
贝多芬灵魂的王国
使人们迷失了归途

在他扬手的瞬间
我蓦然发现
他，就是贝多芬

指挥家小泽征尔

他是闻名世界的
乐队指挥
伯恩斯坦的弟子
卡拉扬的高徒

他，手握一支魔棒
上下挥舞
听众的心
就随着他沉浮

他似一尊
活动的雕塑
像磁铁一般
将人们的目光吸住

小提琴大师梅纽因

琴声从他心底流出来时
几千听众屏住了声息
人们忘却了一切
连自己也已忘记

琴声悄然遁去
竟无人鼓掌
骤然，炸雷般的掌声震撼了大厅
人群变成了一锅沸水

柏林墙

六十年代
我站在墙东看墙西
墙西尚不繁华
而且令人害怕

八十年代
我站在墙西看墙东
墙东很是冷清
令人同情和惋惜

云从墙上飘过
鸟从墙头飞过
风吹过来又吹过去
墙，它无可奈何

○ 意大利随想

水城威尼斯

意大利东海岸
一百多个小岛串在一起
便是水城威尼斯

大运河是水城的大街
小巷是四百八十条河道
连接“街巷”有三百七十八座桥

居民开门见河
私家车是汽艇
“的士”是“共渡乐”

落霞与海鸥齐飞时
串串街灯纷纷落水
市民在圣马可广场享受黄昏

月圆时分水城最妩媚
一座桥下一个月亮
月光沐浴着对对情侣

罗马角斗场

角斗场　古罗马的遗迹
外观是高大的圆楼
内看是阶梯式的剧场

人斗，兽斗，人与兽斗
用奴隶的鲜血和性命
换取贵族奴隶主的欢娱
开心和残忍竟成了同义词

没有角斗场
不会有斯巴达克斯的起义
角斗场古迹
成了现代人的历史课堂

○ 瑞士印象

瑞士，一个绿色的梦

瑞士，一个绿色的梦，
绿，在白朗峰下轻舞
绿，在莱蒙湖上低唱
绿，沿着路边踏月
枝头滴下的绿
淋湿了我的衣裳

瑞士，一眼绿色的泉
绿，喷涌着活力
绿，流泻着恬静
绿，沐浴着灵魂
连我这个过路人
也被绿注满了心

莱蒙湖的黄昏

黄昏展着黛色的网来到湖畔
一对挽臂的老人凭栏眺望
一群天鹅悠闲地游过来
几只海鸥轻轻地落在栏杆上

人儿在黛色中溶化了
天鹅在黛色中溶化了
海鸥在黛色中溶化了
网里盛满了一湖流动的星

卢梭岛

在日内瓦洒满阳光的小岛上
我造访了让－雅克·卢梭
他坐在鸟啼声声的树荫下
独自沉思
我轻步地走过去
请教他做学问的真谛
他用深情的眼神回答我
世间唯真诚可以永恒

郁金香

荷兰的郁金香
美得令人震颤
田野里
它是无边无际的地毯
公园里
它是光彩夺目的油画

看了郁金香
谁的心灵能不被净化
能不承认世界的美好
能不懂得美需要创造
能不思考自己该做些什么

风车和磨坊

在荷兰乡村
古老的风车和磨坊
依然相依相伴
在清清的小河旁

成千上万的游客
从世界各地涌来
寻访古风古迹
饱览田园风光

风车和磨坊
唱着古朴而不成调的歌
大概是高兴
现在的贡献不亚于从前

阿姆斯特丹

阿姆斯特丹
堤坝上的城市
竖街都是桥
横街都是坝

堤上筑小楼
房小楼梯窄
家家窗口有吊车
吊起多彩的生活

○ 欧洲风情

撒尿的小男孩儿

一个撒尿的小男孩儿
成了布鲁塞尔城的标志

现在的布鲁塞尔很大很大
是欧洲共同体的首都

从前的布鲁塞尔很小很小
一小包炸药就能炸掉

当年，坏人偷偷点了引线
幸亏这孩子赶来撒尿

小男孩儿现在还在撒尿
大概是担心火星还没扑灭

海滩上的女郎

一个个身材苗条的
金发女郎
款款地走在海滩上
仰卧在沙上晒太阳
她们一丝不挂
却那么坦然大方

她们中有人抱着
绒绒的波斯猫
卷毛的哈巴狗
名犬贵猫
身穿背心，头戴小帽
个个花枝招展

用东方人的审美
看西方人的时髦
总觉得
不是少了点儿什么
便是多了点儿什么

埃及漫步

非洲的母亲

母亲是伟大的
全世界都是如此
在撒哈拉大沙漠
尼罗河哺育了非洲的儿女

母亲和孩子搭积木
在开罗留下了金字塔
尼罗河不会老
因为她充满了活力

金字塔的启示

开罗城外
流淌着古老的尼罗河
河畔有世界最大的金字塔
它的名字叫库孚

塔高一百四十六米半
巍峨高大得像座山
它是用二百三十万块
成吨重的巨石垒成的

谁能不惊叹
穿过它的子午线
竟把地球的陆地和海洋
分成了均等的两半
用它的塔高
乘以十亿
竟等同于
地球到太阳的距离

而用两倍的塔高
除以塔的底面
竟等同于圆周率

三点一四一五九
据说这是五千年前的工程
却说不清谁是它的建筑师
是尼罗河的伟大子孙
还是远方来客外星人

我，长江黄河的儿子
如同膜拜故乡的长城
对于这一不朽的创造物
由衷地深深致敬

在朦胧的月色里
我看到影影绰绰的塔身
酷似一个庞大的包袱
遗落在荒漠上

我突然担心
可别有夜行人
为了贪便宜
把它背上身

哪怕是一个巨人
要是背上如此沉重的包袱
他也会迈不开步
耽误了自己的前程

声光表演

北斗星星光灿烂
金字塔塔影巍峨

洪亮的朗诵覆盖旷野
巨大的光柱拔地冲天

明明是现代的声光设备
恰恰把人们带回古老的场面

金字塔工程浩大
沉寂的沙漠人声鼎沸

法老的号令威严
人类的创造壮丽

在如雷的胜利欢呼中
仿佛自己也在人潮里涌动

人面狮身像

它蹲守在这里五千年了
鼻子也被拿破仑的士兵打伤
它却始终面朝东方
迎接一道又一道的曙光
捧来一百八十万个新的太阳

一百八十万个昼与夜
世界发生了无数巨变
人间经历了多少沧桑
虽然它无所不知
却始终沉默不语

○ 从地中海到撒哈拉

悼念法尔西夫人

人常说，天底下深不过大海
我深沉的哀痛像大海一样

人常说，世上香不过茉莉
夫人的音容笑貌无比芬芳

人常说，万物中最夺目的唯有钻石
夫人的心比钻石更晶亮

人常说，天上有座伊甸园
那正是夫人仙居的地方

允许我怀着海一般的深情
茉莉般的温馨

钻石般的真诚
用泪珠穿成钻石项链
用思念绑扎五彩花环
捧献到夫人的墓台上

突尼斯啊，我爱你

突尼斯啊，我爱你
你这地中海的明珠
在你的身边
我度过了整整五个春秋
那美好的往事啊
像甘泉滋润着我的心头
如今亲近之感依旧
虽然远隔重洋，时序长流

突尼斯啊，我爱你
你是中国人民忠实的朋友
在你的土地上，布尔吉巴和周恩来
为友谊大厦奠定了基石

在你的考古博物馆里
有丝绸之路留下的阴阳太极
在你可爱的人民中间
传诵着突、中白衣战士合作的故事

突尼斯啊，我爱你
你是我的第二故乡
迈杰尔达河曾用乳汁哺育我
如同扬子江我的亲生母
贝尔维黛山是我的近邻
她给我鸟的啼啭花的芬芳
加玛特小镇也热情好客
她给我沙滩、海浪和阳光

突尼斯啊，我爱你
我们之间有相似的命运
我们的真诚友谊啊
像无花果酒那样醉人
像柑橘那样甜美
像“古斯古斯”饭菜那样丰盛
像地中海那样清澈深沉
像橄榄树那样坚实长青

古城凯鲁万

凯鲁万
北非伊斯兰的圣地
人口只有五万多
游客年年超百万

一道古老的城墙
一座古老的清真寺
一口古老的井
吸引访古的旅人

城里只有石板小街
店铺一间紧挨一间
陶瓷、地毯、银饰、铜器
令人眼花缭乱

小巷深处作坊多
户户织地毯
跟着毛驴弯弯绕
直绕进天方夜谭

撒哈拉的绿洲夕照

绿洲　夕阳
透过浓密的椰枣林
像金子在熔炉中沸腾

当我从打盹中清醒
椰枣林已像剪影
悬挂在紫色的天幕上

来不及摄影　遗憾
没让这美的瞬间成为永恒
人的一生会有多少次的错过

沙漠夜市

撒哈拉大沙漠
白天骄阳似火
沙子表面能煎蛋
人畜地下院落住

地下房屋赛窑洞
四季干爽又通透
家家有眼小水井
吃喝日用皆不愁

夕阳刚坠下天边
凉风习来灼热散
人、驴、骆驼涌上地面
灯光夜市连成片

粮食、蔬菜、鲜肉蛋
服装、茶叶、瓷器、钟表、彩电
羚羊角、鳄鱼皮、孔雀石项链
游客讨价还价货摊前

有的兴高采烈
参加当地人的婚礼

有的骑上骆驼
观赏星光下的沙丘

当朝阳捧出了一盆火
地面上又变得一无所有
人和牲畜回到凉爽的地洞
等待下一个热闹的星空

有文化的羊

有人说
苏丹的羊
比人有文化

没有青草吃
天天啃报纸
羊是靠啃报纸长大的

问它识了多少字
它还挺得意
咩，文章装了一肚子

埃塞俄比亚

埃塞俄比亚的空姐
个个都是美女
埃塞俄比亚的饥民
眼睛大得吓人

神秘的非洲

天然动物园

乍看是一片宁静的草原
只有长颈鹿站在远处的
灌木丛边
啃食鲜嫩的树叶
有时大象排着队
在山脚下缓缓而行

草丛稍有声响
会立刻窜出
一群羚羊　或者
一群斑马　或者
一群野牛　甚至
几头张着血盆大口的狮子

肯尼亚国家公园里
时刻都有拼死的格斗
这里的准则是
弱肉强食，适者生存

赤道雨林的河流

密密的赤道雨林里
有数不清的河流
黑人村民驾着独木舟
在河上捕鱼、摆渡

雨林的河流里
会看到褐色的石头
深绿色的水面上
许多树皮在漂浮

村民提醒说
“石头”是河马，“树皮”是鳄鱼
宁可把河马当石头
切不可把鳄鱼当树皮

维多利亚大瀑布

东非莽莽的高原上
千百条小溪汇成一股巨流
在赞比亚和津巴布韦交界处
河流突然跌进大裂谷

受惊的河水发出了咆哮
吼声传出了几十里
溅起的水花聚成一片云
再落下便成了哗哗的雨

没有百川的汇合
哪会有汹涌澎湃的洪流
没有高耸入云的悬岩
哪会有气势磅礴的飞瀑

平坦的路虽然轻松
却无丰富多彩的内涵
巨大的失落固然痛苦
却能产生震撼人心的壮丽

扎伊尔铜雕大师利约洛

线条从他的指缝流出
轮廓由他的掌心托起

“少女的沉思”源于他的沉思
“少女的苏醒”起于他的呼唤

他一撒手，巨鹰腾飞了
他一抚摸，小鹿驯服了

现代的西方雕塑艺术
在他的心里与班图文明会合
变成源源不断的思考
像刚果河一样奔泻

赤道界碑

一刀　把地球
像西瓜一样切成两半
刀痕就是赤道线
上半为北　下半为南

扎伊尔的原始森林里
联合国竖了一块赤道碑
碑下一条白漆线
标明赤道界

一脚踩在线左
一脚踏在线右
骑在赤道线上
脚跨两个半球

白天在赤道上散步
常常是
左边晴天　右边下雨
一边旱季　一边雨季

夜晚游赤道
仰看银河最开心
满天星斗个头大
颗颗耀眼赛钻石

非洲之夜

非洲，一个神秘的美
非洲的夜晚
一个美的神秘

夜色吞噬了四周
吞噬了茅舍和咖啡园
吞噬了香蕉、木瓜和芒果树

花香有如夜的使者
打着萤火灯笼
引导人们步入夜的深处

没有疲劳，没有恐惧
在夜虫乐队的协奏曲里
径直走便到达银河

马普托树雕

一棵榕树老死了
大树桩
被雕成一组人像

明亮的眼睛
丰富的表情
甜美的微笑

都说
老榕树又活了
虽然没有了青枝绿叶

我站在好望角

万里迢迢，我终于来到了好望角
这非洲的最南端
这非洲大陆走过漫长黑夜
最后出现独立曙光的地方

我站在好望角
眺望它身后辽阔的大陆
地下是黄金、钻石的富矿
但人民曾沦为奴隶，贫穷而且屈辱

我站在好望角
右前方有一座荒凉的孤岛
曼德拉在这里被囚禁了二十六个年头
他独立和大爱的信念，如跃出海面的朝阳

我站在好望角
正前方是大西洋和印度洋
两大洋汇流的地方
一条纹路永恒地闪闪发亮

我站在好望角
仿佛有一队巨型帆船来自东方
那是郑和的友好商船
虽然强大，却只传播友谊与合作

我站在好望角
我看到历史的漫漫长夜
更看到未来喷薄而出的灿烂曙光
我的胸中如大洋一般波涛激荡

从夏天飞到冬天

七月，从巴黎飞往金沙萨
是从夏天飞到了冬天
可地处热带的金沙萨
冬天的温度高过夏天的巴黎

四月，从金沙萨飞回巴黎
是从秋天飞回了春天
看惯了热带雨林的浓绿
巴黎的绿淡得几乎看不见

○ 战乱的乍得

母亲的等待

乍得首都恩贾梅纳
像一个衰老的母亲
衣衫褴褛、愁容满面
呆坐在沙里河边

内战的炮火
毁了她的家园
丈夫上了前线
孩子流落他乡

为了等待
鸽子衔来橄榄枝
可怜的母亲在河边
已经苦守了十八年

烧焦了的树

沙里河的码头旁边
一棵被炮火烧焦的树
扭曲成了
一个黑色的问号
向每个上岸的人提问

这场内战　使乍得人
家破人亡
流离失所
它何年何月才能结束

瓦砾堆上的乍得首都

凹凸不平的街道
两旁都是瓦砾堆
路口的喷水池哭干了泪
繁华的都市成了废墟

昔日是店铺林立
超级市场熙熙攘攘
如今是杂草丛生
大白天蟋蟀开着音乐会

断墙上布满了枪眼
小贩在墙前摆摊
出售用旧啤酒瓶装的汽油
赚几枚维持生命的法郎

○ 大洋洲的足迹

悉尼歌剧院

朝霞映红了悉尼湾
一簇洁白的贝壳
在浪花中闪光

阳光下的海湾比天更蓝
一群起舞的白鹤
在班尼岛上翱翔

一轮明月从海上升起
银帆鼓风的船队
正从悉尼港启航

千姿百态的海上歌剧院
把它无穷无尽的魅力
奉献给每个来访的客人

墨尔本湾

黄昏，准时准点
仙企鹅从深海归来了
穿着燕尾礼服
排着整齐纵队
毫无差错地
回到沙丘上
各自的巢穴

它们破晓出海
从沙滩走向海底
谁能知道
它们走了多远
到了些什么地方
又怎会这么准时返回
这世上实在有太多的谜

毛利人

紫铜的脸膛
漆黑的头发
头上插着羽毛
腰上围着草裙
他们既警惕
又热情
为了分辨敌友
他们把铁矛和橄榄枝
同时放在地上
当你捡拾了橄榄枝
他们立即露出笑容
同你行碰鼻子礼
用最好的饭菜和美酒
招待真诚友善的客人

南太平洋的浪花

无论是阴
无论是晴
无论是日
无论是夜
一望无际的大海
它总是
一排浪接着一排浪
拍打海岸
把岩石拍碎
把碎石拍成沙
把沙铺成沙滩

这无穷无尽的力啊
从内心发出
不知包含、吸收了
多少种内力和外力
还有比海
更富有生命力的吗

若是把海水
这无穷无尽的力
都利用起来
人类
还会缺少能源吗

若是人也像海水
包含和吸收
无穷的内力和外力
人类
还会缺少精神和力量吗

○ 拉美掠影

安赫尔瀑布

安赫尔瀑布
高挂在委内瑞拉的边境上
它落差近一千米
无愧为世界瀑布之王

表面是一落千丈
其实是非凡的勇气
无比磅礴的力量
最有气魄的声响

近一千米的白练
不停地往下滚动
一年的时间
总长度该是多少

安赫尔是如此不平凡
却那么羞涩地
躲在深山老林里
不愿炫耀自己

美利坚的天空

自由女神

我亲眼看到了
自由女神高高矗立

但是比她更高的
是商业和金融的大厦

还有比摩天楼更高的
那是蓝天和银河

詹忠效创作的《自由女神》

在女神的躯壳里

阳光，海湾
和风，飞鸥
女神　高举火炬向游人致意

可在她的躯壳里
旋梯是如此狭窄
人　只能委屈而乏味地攀登

与女神对话

这里有你的天空
却没有我的母土

倘若我滞留在你的脚下
会感到空虚和寂寞

我愿在故土挥洒耕耘
那才有真正自由的感觉

纽约的大圣诞树

纽约的市中心
有一棵几层楼高的
圣诞树
据说它是世界上
最高最大的圣诞树

平安夜、除夕晚
游人都来观赏
树上的小灯
像星星那么多
大人小孩都说好美

可是，树上没有食品
没有衣服
没有小礼物
巨大的圣诞树
也挡不住漫天风雪

难怪躺在地铁里的穷汉
在如此热闹的节日夜晚
不来市中心看圣诞树
而像平日一样
蜷缩在角落里

平安夜

彩灯彩饰拥抱着圣诞树
流溢出欢乐的光辉
我从树上摘下一颗松球
像喝了一杯美酒

圣诞老人踏着午夜的钟声
给家家户户送来祝福
礼品是人们相互准备的
真正的上帝是人们的友爱之心

除　夕

荧荧烛火
照亮了除夕夜
照出浪迹天涯的游子
错落的身影

跳动的烛光
像人们怀抱希望的心
悄然滚落的烛泪
是心底思乡的情

美国的铁路

美国的历史很短很短
美国的铁路很长很长
铁路是美国富强的起点
铁路是美国文明的摇篮

美国的历史很短很短
美国的铁路很长很长
铁路是华工和黑奴血泪浇铸的铁的见证
铁路是人权人格被肆意践踏的悲惨记录

历史再短也不能健忘
道路再长也有前方
我由衷地向“卑贱者”献上一份崇高的敬意
也由衷地向“高贵者”表达一份真诚的劝告

○ 回归故土

我像一叶舟

无论是卢浮宫里永恒的微笑
还是地中海之滨的花园别墅
都不曾驱散过
我那悠长的乡愁

我像一棵树
深情扎根于母土
我像一叶舟
故乡才是我归航的港口

求索诗札

我的诗

我的诗是鲜红的
它是从心头滴出的血
我的诗是碧绿的
它是根植于大地的生命

我爱四季

我爱翠绿的春
它是温柔美丽的母亲

我爱火红的夏
它像恋人胸中执着的爱情

我爱金黄的秋
它使多劳者得到了公正

我爱银白的冬
唯风霜磨砺志者的决心

我爱大海

我爱大海
我爱大海的湛蓝纯净
那是她深邃而多情的眼睛

我爱大海
我爱大海的辽阔无垠
那是她宽广而自由的胸襟

我爱大海
我爱大海的汹涌澎湃
那是她生生不息的激情

我爱大海
我爱大海在星空下的宁静
在沉思中
她愈显深沉

我爱玫瑰

我爱玫瑰
她是真善美的精灵

她没有半点虚伪
芬芳全发自内心

她总是给人以欢愉安慰
无论朝夕阴晴

她饱含青春的红润
永远使人陶醉、振奋

○ 假如……

假如（一）

假如生活里没有友情
纵然是熟悉的地方
你也会感到陌生

假如生活里没有知音
纵然是喧闹的场合
你也会感到冷清

假如生活里失去了希望
纵然是阳光灿烂
你也会感到黯淡

假如生活里失去了自由
纵然是身居天堂
你也会感到忧伤

假如（二）

假如我是一只小鸟
我要投入森林的怀抱
敞开我的歌喉
让宇宙之乐更加美妙

假如我是一只小鸟
我要展翅飞上云霄
扑向火热的太阳
让我的生命燃烧

假如我是一只小鸟

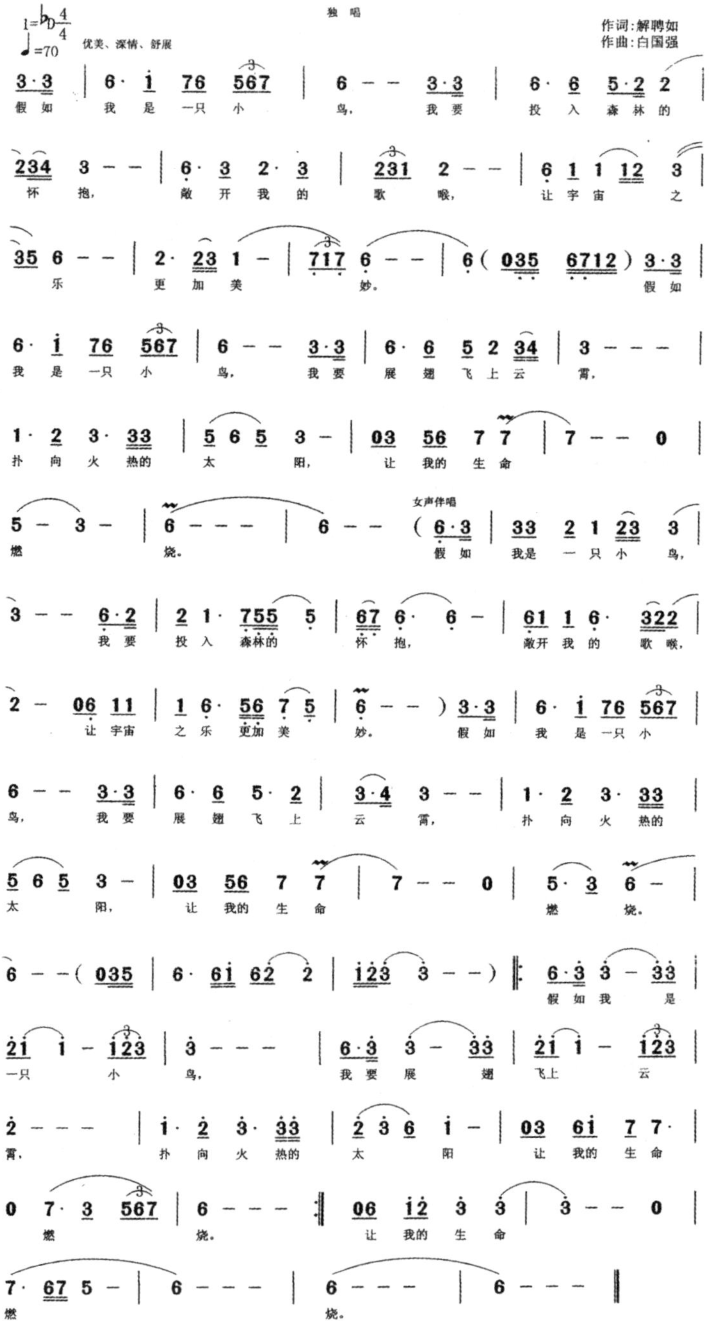

（此歌曲谱是热爱朗诵的作曲者为《假如（二）》专门谱的曲）

假如（三）

假如我是一只歌喉动听的画眉
我的爱人就是春光明媚的花园

假如我是一尾自由自在的鱼
我的爱人就是清波荡漾的湖水

假如我是一匹仰首扬蹄的骏马
我的爱人就是一望无际的草原

假如我是一轮皎洁的月光
我的爱人就是辉煌的太阳

不要以为

不要以为
下雨的时候
起雾的时候
飘雪的时候
太阳已经消失

不要以为
雨过天晴了
云消雾散了
冰雪融化了
阳光就不再隐没

不要以为
冬天里一个太阳不够暖
如果真有几个太阳
夏天就成了火的世界
树木和人将化为灰烬

○ 春雨

当……

当春雨洒向大地
田野就滋润了

当朝阳射进房舍
窗户就打开了

当港口拥抱小船
漂泊就成了故事

当故事从心中流出
耳际便是一首名曲

当目光默默对视
眼前便是一幅名画

不管是谁拥有了谁
都是拥有了宇宙

一对影子

一对影子
在路灯下走
慢慢悠悠
刚走了几步
已经把几条马路
都走到了尽头

一对影子
在路灯下谈
温温柔柔
刚说了几句
月儿已从东山
掉下了西沟

送　别

你走了
列车把你带走了

我没有走
我还留在月台上

你没有走
你还留在我心里

我也走了
我的心被你带走了

昼与夜

白天，是明快的色彩
夜晚，是深沉的旋律
白天，使人充满活力
夜晚，使人珍惜光明

睡眠之后是醒来
否则就是死亡
醒来是为了创造
否则如死去一般

没有夜的宁静和温柔
哪有生气勃勃的白天
没有白天的创造和追求
哪有夜晚的充实与甜蜜

帆

像四季不败的莲花
像飘浮水面的云朵

善解风的心意
化作自己的动力

借太阳驱寒
借星光指路

邀浪花合唱
邀水鸟同行

走遍长江大湖
依旧朴实谦虚

行的路并不笔直
却对彼岸执着追求

落

没有怨言

没有叹息

缤纷的落

潇洒飘逸

从枝头回

用不着贶

用不着颂

每一片叶

都是一部

无言的史

没有怨言

没有叹息

每一片叶

都是一部

无言的一

（此歌曲谱是热爱朗诵的作曲者为《飘雪了》专门谱的曲）

海　问

溪水不苦
河水不苦
江水也不苦
为什么海水却苦
而且如此苦涩

多少人喜爱海的气息
多少人赞美海的湛蓝
多少人迷恋朝阳夕照下的海滩
多少人惊叹海的胸怀和力量
为什么海水却苦

是因为海太博大吗
是因为海太宽容吗
是因为海太激越吗
是因为海太深沉吗
还是因为海对天太痴情

我想得流泪
夺眶的泪流进嘴里
像海水一样苦涩
啊，究竟泪是海水
还是海水是泪

散文

迢迢万里路　悠悠故乡情 /

江苏兴化，是郑板桥的故里，也是我的家乡。

离开兴化的时候我才 12 岁。行囊里塞满了衣被书籍，更小心揣着祖德和家训。

那年我考上了省立镇江中学。临近开学的日子，我告别父母亲友，独自登上了撑篙划桨的“帮船”。船行三天两夜，从里下河经大运河，再横渡浩浩长江，最终抵达我的第一个人生驿站——省城镇江。从此往后我越走越远，随飞扬的芦花，一去几万里不曾回眸，一走便是几十个年头。

如今，乡音已浅，乡情愈切。阳春三月，回兴化小住几日。故乡旧貌依稀，新颜盎然。母校实验小学的矮房变成了高大的教学楼，校墙外的杂花老树换栽了艳桃垂柳。我喜新亦恋旧，就如同老建筑的照片挂在小学校史陈列馆的墙壁上，当年故乡潺潺湲湲的碧水和悠然沉着的桨声依旧留在我的记忆深处。

乡愁从离家的那天就发作了。离开家乡就是为了思念她，这一点我体味最深。离家越远，乡愁越浓；离童年越远，乡思的尺码越大。在国外常驻的日子里，思乡病深深浅浅不定期发作：香榭丽舍梧桐树下长椅上听一句异国的蝉鸣，日内瓦露天咖啡座品新沏的一壶中国茶，一点小小的感触就足以引发乡愁的雪崩。在接受“法国教育勋章”（又称“法兰西教育骑士勋章”）的那一刻，在与世界诗人们聚首罗密欧、朱丽叶故乡的维罗纳教堂长廊畅谈之际，心头不禁一次次涌起对故乡的感恩之波。岁月不能风干乡情，一旦遇到思乡的潮水，乡思就被“发”大了。

兴化是全省最丰满的湿地，最柔情的水乡。忆故乡，梦里梦外，离不开她的水。是的，老家的水好。几十年的外交、记者生涯，我曾风尘仆仆奔波于地球的南北东西，饮过伏尔加河、亚马孙河、刚果河、密西西比河、恒河、尼罗河、多瑙河的水。这些大江大河，有的宽阔，有的湍急，有的粗犷，有的典雅，但说到清和甜，还是家乡的水最清、最甜，喝了从来不闹肚子，喝了舒坦。

老家的菜花最美。我观赏过无数美景：日本上野漫天飘泻满地铺落的樱花，荷兰利斯小镇郁金香的五彩“海洋”，法国普罗旺斯香气四溢的紫色薰衣草，加拿大层林尽染的火红枫叶……但它们都不抵兴化黄灿灿的油菜花那样摇曳游子的心怀。樱花太过苍白娇气，郁金香太炫艳、太高傲，薰衣草太浓郁、太诱惑，油菜花浓淡相宜，风车前，垛田上，朴素又实在，如阳光洒满大地。

老家的饮食最难忘。身处异域，面对了几十年的牛扒、鹅肝、比萨、手抓饭……但彼此还是相敬如宾，难以亲近。外交国宴或是政要首脑家宴上的珍馐佳肴也难留下太深的印象。即使如法国的名菜“香草芝士焗蜗牛”，要跟我们兴化的炒青壳螺蛳相比，还差着几里路呢。记忆中的美食有撒哈拉沙漠腹地大户人家婚礼上披红挂绿的烤全羊，有黄昏云霞中阿尔卑斯山脚下小木屋的农家杂烩，有赤道非洲酋长款待贵客的蠕动着的毛毛虫……乡愁很多时候是具体的，除了对亲人的思念，更多的是对家乡美食的向往：拌干丝、狮子头、醉蟹、昂嗤鱼、米饼子……能在脑子里摆上满满一大桌。实在想馋了，跳起来冲一碗滚烫的神仙汤，讲究点儿，多放胡椒面。或是来了情绪，再挖一勺珍藏许久的螃蟹油，来一锅喷香的汪豆腐。

国外的节日五花八门，感恩节、平安夜、开斋节、独立日、嘉年华，人山人海热闹非凡，但那终归是在过别人的节日，我们只充当着观礼嘉宾的角色。往往热闹之中忽然察觉的寂寞，强烈涌出的乡愁，让一切当地节日的气氛骤显浅薄平庸。

最引发乡思的是过年和过中秋。每到农历新年，我们驻外人员都到使馆吃年夜饭。每每在热闹的祝酒声中，我仿佛跨一步便回到家乡兴化的深深庭院，听到除夕夜此起彼伏的爆竹声，依稀看见家中书房祖先画像挂轴下，条桌供奉着各色果品，堂屋长案上红烛高照香烟缭绕，年幼的我正快乐而又安静地陪伴母亲念经守岁，长长的大年夜竟不觉得漫长……那种浓浓的年味，从未散去。

西楼赏月，故园东望，外国的月亮并不特别圆，却格外招惹乡思。我曾在月圆之时泛舟尼罗河，也曾夜游塞纳河、莱茵河，举头望过地中海夜空的明月，低头数过威尼斯河道里细碎的倒影。虽说千江有水千江月，但异国月色摇落的却分明是一地故乡的树影。只有水城威尼斯的月夜有些相似我们兴化老家的旧时光景，可我还是嫌水城灯火过明，少了在小学课本上读到的“月亮光光，家家开窗”、在温馨的昏暗中赏月借光的雅趣。

世界真不小，我的回乡之路何其漫长！我走过五大洲 40 多个国家，见证过几十年国际风云的变幻：独家采访巴勒斯坦解放组织主席阿拉法特、埃塞俄比亚皇帝塞拉西、突尼斯总统布尔吉巴、法国总统德斯坦……也曾历经艰险，一再与死神擦肩而过：在中东非洲战乱的弥漫硝烟中出生入死采集新闻；在阿尔及利亚奥雷斯山汽车自悬崖翻滚谷底而大难不死；在撒哈拉沙漠以南非洲得过恶性疟疾昏迷了七天七夜……浮云流水，地远天长，当我终于回到兴化，在四牌楼下伫立的时候，已是年过古稀了。仰望牌匾上“忠诚正直”的解家祖训，我为在人生跋涉中不曾辱没祖荫祖德而感到欣慰。

世界很大，我走到现在仍未停步。可是世界再大，我也绕不出家乡兴化“烧饼大的庄子”，也走不尽故土兴化“油条长的巷子”。

（本文摘自江苏凤凰文艺出版社《美哉兴化》2019 年版）

难忘的驻外记者生涯 /

我从 1958 年 8 月大学毕业起，直到 1987 年 7 月，干了整整 29 年新闻工作，其中一半时间是在国外度过的。作为新华社首席记者，有时也作为《人民日报》特派记者，或常驻一国，或去驻在国的周边国家巡回采访，或跨国跨洲参加记者组报道大型国际会议和国际活动。日日夜夜，风里雨里，足迹遍及五大洲 40 多个国家和地区，领略过寒、温、亚热及热带各类气候。品尝过总统国宴的美酒佳肴和酋长家宴的木薯夹毛毛虫；乘坐过独木舟、骆驼、直升机等交通工具；在阿尔及利亚环山公路上翻过车，车从山上滚到谷底；在乍得战地采访时患上恶性脑疟，几天几夜昏迷不醒；在刚果过境关卡被大兵无理扣押，与外界无法联系……其中的甜酸苦辣，一言难尽、过事难忘。

（一）驻外记者生涯的开始

1970 年秋，干部局通知我，总社领导决定派我去阿尔及尔分社担任分社负责人。那时我在总社参编部、国际部做翻译、编辑工作已十年有余，参加过多次周总理出国访问的筹备工作，还赴法国大学进修过近两年，其中利用暑期在巴黎分社实习过，总之，算得上一名熟练的国际新闻工作者了。但是，生性谨慎的我，仍觉得缺乏驻外分社长期工作的经验，自己更适合先做普通记者，我把想法向干部局负责人谈了。经研究，领导接受了我的意见，最后决定我作为普通记者派往阿尔及尔。

我开始做派出前的业务准备。国际部资料室剪报非常齐全，公开报刊及内部参考资料应有尽有。为了出去以后不至于对当地及周围地区的历史与现状两眼一抹黑，我必须充分利用在国内的时间做好业务上的准备。看资料，看文件，然后向总社国际部、参编部、摄影部的主管同志以及外交部等有关部门的主管司请示和请教。翌年春，经莫斯科飞阿尔及尔，开始了我前后近 15 年的驻外记者生涯。

（二）我参加的第一次大型采访活动

初到阿尔及尔，使馆和分社的同事领我认识周围环境和阿尔及利亚有关政府部门及新闻单位。不久我就参加了一次大型采访活动：布迈丁主席亲自主持全国实行土地改革的典礼，第一次向农民发放土地证，阿方新闻部组织各国记者出席这次盛典，并允许记者直接采访布迈丁主席。起初我跟着其他外国记者，注意他们的言行举止。这天阳光明媚，平日不苟言笑的布迈丁主席始终面带微笑。仪式开始，发土地证，讲话。领取第一批土地证的农民眼含热泪与国家领导人拥抱。我为阿尔及利亚这一社会公正壮举感到欢欣，感情自然浓于西方记者甚至苏联记者，所以在仪式后其他记者忙于吃烤全羊的时候，我独自上前以新华社记者名义，向布迈丁主席握手道贺，并请他谈谈农民在武装起义和民族解放战争中的作用。主席眼睛闪着兴奋的光芒，盛赞农民在奥雷斯山区游击战争中的主力军作用，并且强调革命的目的就是为了国家独立、发展与社会公正，使人民安居乐业。他的笑容和那天的阳光、那天的烤全羊美味，久久留在我的记忆里。事后我发了一篇特写和一篇内参稿。

（三）架起一座北京—突尼斯的友谊桥梁

1973 年 2 月，北京市人民政府副市长王笑一率领中国杂技团访问了阿尔及利亚、苏丹和突尼斯三国，这是 1966 年“文革”以来我国第一次派到国外访问的文艺团体，旨在恢复中国与各国的文化交往。总社派我随团采访，要求充分报道杂技团与当地政府和群众的友好情谊。杂技团的演员都是二三十岁的年轻人，朝气蓬勃，他（她）们用富于中国民族特色的优美杂技艺术赢得了东道国官方、民间舆论的高度赞赏。从阿尔及利亚首都阿尔及尔到西部港口城市奥兰、东北部古城君士坦丁，一路轰动，反响极好。杂技团离开阿尔及尔飞往苏丹，半个月后我又到突尼斯机场迎接他们。演员在首都突尼斯市，在英雄城市比塞大，在旅游之乡哈马迈特，一次又一次掀起突尼斯—中国的友好热潮。正是通过这次访问，突尼斯政府决定同意新华社在突尼斯恢复分社。我便受命重建驻突分社。

1973 年 7 月，我从北京经巴黎飞抵突尼斯，暂时借住使馆。三个月后，租好一幢小楼，办好各种手续，开始挂上分社的牌子正式工作。初到突尼斯感觉很好，这里天气明朗温和，又有如画的景色，小楼洁白多姿，低低的篱笆墙种满了玫瑰、茉莉，不远处有蓝色的大海、金色的沙滩，无论是邻居还是路人都那么和气亲切。这里的电台、电视台和报纸，每天提供不少有价值的新闻线索。但是，由于受西方媒体长期对社会主义中国负面宣传的影响，当地政府和新闻界同仁并不容易打交道，刚开始没少碰钉子。路遥知马力，日久见人心，我们用真诚的心和他们沟通，他们自会了解我们的报道方针，我们两国都是发展中国家，我们都需要和平与建设，都反对霸权主义。但是，等待太费时日，必须缩短这个过程，尽快改善交友和采访的环境。我决定采取迂回的办法结交当地的各界人士。怎么迂回？先与西方记者交往。

我在采访活动中认识了美国 ABC 电台的一位年轻女记者，她是文学专业毕业的。我便和她去咖啡馆谈文学，谈四季的景色。她觉得我这个人对文学、对自然有感情，可以交朋友。于是很快把她认识的几位突尼斯记者一起邀到她的住处聚餐，把他们全介绍给我。我开始有突尼斯新闻界的朋友了，然后又逐步扩大到突尼斯文化界、教育界、商界。从谈爱好谈学问，慢慢地谈到了现实，谈到了各种新闻。终于有一天，突尼斯的新闻司司长请我到家做客，告诉我他们的驻华使馆每个季度都寄给他中国外交部和新闻部一叠剪报，是新华社和中国报刊发表的我对突尼斯的报道。他说："你对我国的报道那么客观、那么友好、那么深入，因此我们得出了一个结论：解先生是突尼斯真诚的朋友。"

若干年后，我在突尼斯出版法文诗集时，阿拉伯联盟秘书长、突尼斯议长、突尼斯文化部部长等几位领导人都写信给我表示祝贺，这也是很少见的。1986 年，《人民日报》副社长李仁臣率团访问时，当地新闻界朋友告诉他，新华社的解先生是走进了突尼斯人心里的一名中国人。李仁臣事后说，如果不是事情太忙，真想写一篇《解聘如在突尼斯》。

说起驻在国朋友对自己的深情厚谊，还有许多让我感动的事。例如，有一次我因工作需要推迟了离任回国的日期，突尼斯国家第一大报《行动报》竟在头版上半版刊登了一条消息：大字标题为“好消息！解先生延期离突”。还有扎伊尔的第一大报《埃利玛报》在我离任动身后的第二天，在头版下半版发表了一篇长消息，消息中高度评价了我在扎伊尔的工作和与当地同行结下的友谊。使馆同志剪下了这则消息，大家都觉得很可贵。

（四）一次重大的独家采访

1985年10月1日，以色列远程轰炸机飞越1000公里炸平了位于突尼斯郊区的巴勒斯坦解放组织总部（以下简称“巴解总部”）之后，全世界都在打听阿拉法特主席的消息。因为有巴勒斯坦朋友的帮助，我在当天午后便得知阿拉法特因为偶然的原因幸免于难。朋友还通知我，阿拉法特决定当天午夜在突尼斯郊区的一个地方接受我的独家采访。我当即将此好消息报告大使，转报国内。当天午夜，我乘坐巴勒斯坦友人开的面包车到郊区的一座小楼前。在二楼的一间办公室里，阿拉法特单独接见我和一名助手，并与我们激动地紧紧拥抱。我向他转达了我国领导人和我国人民对他的真挚问候和对以色列暴行的强烈谴责。阿拉法特要我转达他的深切谢意和问候。接着他愤慨地谴责以色列当局践踏巴勒斯坦人权，屠杀巴勒斯坦人民，侵犯阿拉伯国家主权的累累侵略罪行，特别是今天又炸毁巴解总部，造成巴勒斯坦一批革命骨干的牺牲。然而，以色列的战争罪行吓不倒巴勒斯坦人，只会激起更大的仇恨，巴勒斯坦决不屈服，胜利一定属于和平与正义。他还谈到，他是头天晚上从外地回到突尼斯首都的，原计划当天上午9:00到巴解总部开会，后因另有要紧事须前往郊区的一个小镇去处理，当他10:00赶往总部时，途中听说巴解总部被炸了。这是真主在留他继续领导争取独立的革命，他一定斗争到最后一息！这次会见给我留下了不可磨灭的印象：阿拉法特是一位真正的民族英雄，他从不畏死，也不知疲倦，他为了和平与独立事业献出了一切！

（五）工作的奇迹，生命的奇迹

在国外分社工作，每分钟都会有突发事件，都会有重大新闻发生。所以常常 24 小时都得站岗，都得工作。

1983 年七八月间，奉总社之命，我带了一名助手赶赴乍得战地采访。那时乍得内战已打了 18 年，作战双方都有国际背景：政府这边有法国军事支持，美国也间接支持；反政府那边有利比亚的直接参战，苏联则在幕后。情况复杂多变，各国通讯社都很重视，新华社也必须有自己的声音。

我和助手在战乱中的乍得采访了一周。第一天，清晨五点从喀麦隆首都雅温得登机飞往北方边境的一个城市，再从那里租了一部出租车跑了 300 多公里到沙里河渡口，转乘独木舟，抵达乍得首都恩贾梅纳已经天黑。匆匆赶到记者俱乐部，与早来两天的西方记者一道喝咖啡，打听最新消息。近午夜了，我们趁着月色采访在战火中变成废墟的前总统府。最后寻到一家旅馆下榻，已深夜两点多，旅馆的空调房间全部被法国军官和西方记者占了，只剩下无水无电的一间朝西的房间。室内温度 40 多摄氏度，蚊虫成群。我只好躺下，似睡似醒地迷糊着。

早晨六点，小收音机响了，乍得电台预报扎伊尔总统八点到机场与乍得总统闪电会谈。我们赶到机场采访，接着去电信局发稿，之后走访了新闻部、外交部、法军司令部。烈日下的气温达 50 摄氏度以上。如此采访—发稿—采访，忙到深夜。此后几天，都是从早上六点忙到夜间一两点。除战况报道外，我们还采访了总统、外长、司令、士兵、市民。六天共发回 24 条消息、通讯、综述、内参。第四天夜里，我开始发寒热，但翌日又来了精神，继续照常工作，但高烧不退，不能进食，只能饮矿泉水。又坚持了两天，在总社电报的催促下，第七天上午我先采访了总统，又发了稿，还到市区补拍战争废墟的一组照片，于早上 11:00 渡河，再乘出租车行 500 多公里，晚上 9:00 抵中国驻喀麦隆医疗队，立即住院特护。我昏迷了好几天，醒来时四肢均呈瘫痪状态，十多天后才逐步恢复。医生说病情非常凶险，这样的病例十有九死，活下来都会成为白痴，我算是例外。病愈后，总社又把我调回气候温和的突尼斯。

（六）一次有惊无险的经历

1972 年 12 月 6 日下午，我乘坐中国医疗队所在的一个城市医院的小车从外地采访返回，司机是医院的车队队长，一个阿尔及利亚壮年人。阿尔及利亚多山，上下都是盘山公路。当时下着毛毛雨，山路弯曲陡峭，他以每小时近 90 公里的较高速度行驶。我坐在他右手边，曾三次提醒他减速，注意安全。他却不以为然地回答："我从来没出过事故。"但是随后，他突然惊呼了一声："不好！"因为他在一个直角拐弯的悬崖边来不及打方向盘，车子以相当高的速度冲出悬崖。我无意识地向右手车窗下一瞥，车轮已越过崖边。我没有惊慌，只是平静地一闪念："平时太累了，现在可以休息了。"那时的前排座是没有安全带的，我的手自然地把着座椅边。这时的车身一边前冲一边下落，左边两个车轮在一个山坡上着陆，车子便向右翻滚，一圈两圈，越滚越快，数不清几圈，突然"嘭"的一声，好像完全着地了。我感觉车子四轮朝天，不知何时已灭了火，我们倒躺在座位上。司机问我："你怎么样？"我清醒地答道："还可以。"我把车门推开一道缝，挤了出来，车的挡风玻璃、车窗玻璃全碎成了犬牙。我又跑过去把司机拉出来。两个人都没有流血，四肢也都健全利索。我说了一句："真可惜，车子完了！"我再没有埋怨司机，我知道他心理压力会很大。我俩往山坡上爬，爬了好一会儿才到达山上的公路旁，已经暮色苍茫了，路过的大货车把我们带到城里的医院门前。我找到医疗队长，请他向院长报告。院长第一句就问："人怎么样？""没有伤亡。""人没事就好！车子毁了算不了什么！请向解先生慰问！"第二天，院长亲自来慰问，见我什么伤也没有，非常高兴。他还表示歉意，并说要开除司机。我向院长表示，多亏司机处理得当，他没有踩刹车，又及时灭了火。院长十分感动，连声说："中国人太好了，是真主派来的！"后来听说，那天夜里同一处又掉下两部小车，都死了几个人，最轻的伤者也断了好几根肋骨。而我一点伤都没有，只有手掌心上有碎玻璃压出的印子，却没有破的地方，而司机也只是轻度脑震荡。

回首这一长段驻外记者经历，我有许多体会。如今，当许多年轻朋友问我浪迹天涯的驻外记者生活是何滋味时，我的回答是：难得的充实和丰富。当年的艰辛和危险，恰恰是今天最美好的记忆。驻外的十几年，算得上我平凡一生的一笔真正财富，它使我拥有了比较强的适应力，在我生命中注入了永不枯竭的活力，使我懂得了生命的价值在于创造，而不是占有。

（七）一专多能的“万金油”

驻外记者与国内记者的工作条件、环境多有不同。在国外工作首先要熟练掌握外语，在我看来至少要掌握两门外语，能听能讲能写才行，否则如同聋哑。

在国外工作，往往人少事多，你不得不一专多能而且最好多专多能。新闻报道涉及面广，不可能像在国内那样各部门相互配合协同作战，记者只管自己对口的新闻。在外面，无论是政治、经济、军事、社会、文化、科技、医疗还是体育，都得能上手。还要定期写内参（供中央领导参考）。此外，摄影、开车、发稿、办理各种手续等都要会，时间一长也就成了“万金油”。

更为要紧的是，驻外记者常常会“孤军奋战”，你必须要有超常的适应环境的能力：首先是各种自然气候和政治气候，味道怪异甚至难以下咽的饮食，住惯了别墅也要住得了帐篷，从豪华的轿车到脏兮兮的骆驼等，无一例外都要适应。遇到各种困难都要敢于面对，所有问题都要及时解决。有时在从一个国家过境到另外一个国家时，赶上不友好的边防人员，记者会遭到无端扣留。遇到这种情况，既要沉着冷静又要运用智慧交涉周旋，以尽快摆脱困境。

作为国家通讯社的驻外记者，新闻线索更多是凭借自己的新闻敏感度和直觉去挖掘，而且要和外国通讯社抢时效。可以说哪里有新闻或突发事件，哪里就是我们的岗位。

（八）广交朋友消息灵通

在国外工作，尤其是当记者，交友绝对是一门必修课。记得有一次周恩来总理对我们外派记者专门说过："你们在外面，要同上、中、下，左、中、右的人士交朋友；既要当好一名记者，也要当好新中国的一名友好使者。"因此我格外注重和所在国政界、新闻界、商界、文教界及其他各国记者的交往，四面八方广交朋友。

除了巴解总部遭轰炸被夷平的意外，还有很多次突发事件，诸如中东战争爆发、驻在国高层人事突然变动，几乎都是当地朋友在第一时间提供了准确的消息。

（九）天涯处处有芳草

在国外工作、生活的十多年里，无论走到哪儿，只要我们彬彬有礼并介绍自己是中国人，问路时都会得到当地人友好的指点，还经常被热心人开车护送到目的地。

在北非的几个阿拉伯国家，只要我们的车在公路边停靠，很快就有几辆车在我们的车后面停下来，人们纷纷关切地询问是否需要帮助。有时候车胎破了，他们会主动帮着换胎，忙完高兴地说声"再见"就开车走人了。

1972 年夏天，我和分社社长胡炜开车去阿尔及利亚南方撒哈拉沙漠腹地采访"沙漠旅游节"，回来的途中，汽车在前不着村后不着店的地方没油了。四周是荒无人烟的沙漠，我们见不到其他人，也望不见其他车子的踪影。太阳渐渐西下，平日里遇事泰然处之的我们也有些焦急了，要知道这里夜幕降临后将会变得十分寒冷。终于看到一部小车越行越近，没等我们招呼，车主就停下车走过来询问我们是否需要帮助。当得知我们的车缺油后，他二话没说，打开后备箱拿了根管子，又打开自己车子的油箱小盖子，插入管子后用嘴熟练地一吸，再迅速把管子另一头放到我们汽车的油箱里，汽油缓缓流进我们车子的油箱里。事毕，我们边道谢边准备付费。但这位先生无论如何都不肯收钱，并连声说：“互相帮助嘛，人人都会这么做的。”他还担心我们再遇到什么困难，坚持让我们的车子在前面开，一直到了一个绿洲加油站他才与我们挥手告别。

而在中非高原的卢旺达——在不少中国人眼里，那儿可能是非洲最贫穷落后的国家之一了，可那里的司机都有一个好习惯：在正常行驶中，如果后车司机想要超车，前车司机就会打右转向灯，明示后车可以超过去；如果司机不打算让后车超车就打左转向灯，这通常表明前方迎面有车过来，超车有危险。这个习惯不知救了多少人的性命呢。

（本文摘自《一个甲子的记忆》，未公开出版，2013年8月12日）

有一千个清真寺尖塔的城市 /

古老而又始终焕发着青春的尼罗河，静静地流过埃及首都开罗的身旁。每当晴夜，开罗城一大批在各个时期建造的清真寺尖塔，像满天星斗一样，映在尼罗河这面镜子里，闪烁着迷人的光辉。很久以来，人们就把开罗誉称为“有一千个清真寺尖塔的城市”了。

历史上的第一批清真寺都没有尖塔。那时，清真寺是用敲钟的方式召唤信徒们做礼拜的。直到公元 645 年，埃及人才发明建造了伊斯兰史上第一个尖塔。这就是开罗的阿莫尔 伊本 阿斯清真寺尖塔。当时尖塔被称为“麦纳拉”（即灯塔）。据记载，该清真寺曾有四个“麦纳拉”，建在寺的四个角上，既用来呼唤穆斯林们按时做礼拜，又用来给航船和沙漠中的迷途者指明方向。阿斯清真寺尖塔后来被指责不合“传统”，被拆毁了。迄今尚耸立于开罗的最古老的尖塔，是公元 724 年建造的伊本图伦清真寺尖塔。伊本 图伦为第一个半独立的埃及的统治者。据史书记载，有一天，他同侍臣们共商在他的新城兴建一座清真寺的事。他随手拿起一张纸绕着一根手指卷起来，然后对侍臣们说：“你们按照我设计的手指上这张纸的样式给我建造一座清真寺尖塔。”今天人们可以见到的开罗最古老的尖塔就这样建起来了。

尖塔诞生之后，它的式样和建造方法便随着埃及经济、文化的发展而演变。著名的爱资哈尔清真寺建于公元 970 年，但该寺的三个尖塔却分别建于 15、16 和 18 世纪。

在开罗古老的富图哈城附近，矗立着埃及最大的清真寺——哈基姆清真寺的两个尖塔；该寺建于公元 990—公元 1013 年。

阿尤布王朝时期（公元 1171—公元 1249 年）建造的清真寺尖塔以雕刻精巧的王冠式圆顶而著称，其中最享盛名的是侯赛因清真寺尖塔和阿尤布清真寺尖塔。

开罗绝大多数著名的古老清真寺都是在麦马立克王朝时期（公元 1250—公元 1517 年）兴建的。这时期的尖塔，生动地体现了伊斯兰建筑的结构严密、装饰精巧和图案多样的特色。前期的杰作有苏丹 哈桑清真寺尖塔，后期最著名的有巴尔库克 苏丹清真寺尖塔和伊本 马祖海尔等清真寺尖塔。

在奥斯曼帝国时期，尖塔受到土耳其建筑的影响而发展成为圆柱形建筑，具有高而尖的特点。公元 1734 年建造的奥斯曼 卡特海达清真寺的尖塔是这种建筑的典范。

开罗近代建成的几十座清真寺尖塔在城市建筑史上也占有自己的位置，它们真实地反映了这一古老城市及其建筑艺术的发展。

对于世界建筑史的研究者，对于伊斯兰文化的探讨者，开罗无疑是一座文化宝库。埃及人民为他们的首都被誉为“有一千个清真寺尖塔的城市”而感到自豪，这也是理所当然的。

（本文摘自《广州日报》副刊）

狮身人面像的古老传说 /

举世闻名的狮身人面像又名斯芬克斯，坐落在开罗西南约 10 公里处的胡夫金字塔旁，它高 20 米，长 57 米，是由整块巨石凿成的。

关于这座形象雄伟而又奇特的石像，有这么一个传说：斯芬克斯原是一个活的怪物，它常常蹲在大路上拦截行人，要人们猜一个谜语："幼时四只脚，大时两只脚，老时三只脚，这是啥动物？"行人答不出，便被怪物扑杀了。后来有个名叫艾迪帕斯的聪明人，把谜语解了，说这种动物就是人。怪物于是变成了石头。另一种说法是：古埃及人信奉太阳神，这狮身人面像便是太阳神的化身。人面象征智慧，狮身象征力量。至于石像的发饰按法老的形象雕造，则是为了显示国王的权威。还有一种猜测：狮身人面像的建造，是为了守望和镇压一年一度泛滥的尼罗河。

如今，历史的考证代替了昔日的传说和猜测：斯芬克斯系古埃及哈弗拉法老（距今约 4500 年）为树立其统治权威而建，人面即他本人的头像，狮身象征他的力量。石像面对东升的太阳，表示对太阳神的信仰。随着时间的迁移，法老早已灰飞烟灭，而这一古迹的真正创造者古埃及人民却永远名垂青史。

（本文摘自《北京日报》副刊）

突尼斯柑橘成熟季节 /

在突尼斯，又是柑橘成熟的季节了。环抱蓝色海湾的平原上，橘子园连绵不断，一片葱绿，万点鹅黄，如诗如画。

一个星期日，我们在海滨迦太基镇上的一位突尼斯朋友家做客。主人夫妇在洒满阳光的橘子树下热情地招待我们。女主人一边请我们品尝她刚刚摘下的鲜橘，一边介绍说："在马格里布盛产的几种柑橘当中，数这个品种的橘子味道最为甜美；我们突尼斯人把这种橘子叫作'中国橘'，相传它是从中国移植到北非来的。"

话题转到中突友谊。这时，男主人从屋里捧出一个四边雕花镀金的镜框，他插话说："谈起中突友谊，我们突尼斯人永远不会忘记，15 年前，也是在这柑橘成熟的季节，周恩来总理来我国访问。"这位朋友说着便挨近我坐下，抑制不住激动地把镜框递到我手上。原来，这是一帧周总理来访时拍下的照片。照片上，我们敬爱的周总理慈祥地同一位突尼斯青年握手，含笑的眼睛注视着对方，青年则显得既欣喜又腼腆。那位幸福的青年不是别人，就是我们的这位男主人。

1973 年 6 月，突尼斯举办国际博览会期间，中国馆的入口处每天都有很多市民簇拥在一张巨幅照片面前摄影留念，那张巨幅照片是周总理访问突尼斯时同布尔吉巴总统的合影。一位当地的摄影记者非常高兴地把中国馆前上述生动友好的场面拍了下来，他告诉中国朋友：“周恩来总理来访时，我曾有幸参加了采访活动。至今我和同事们都认为，周恩来是我们见到的最伟大的国家领导人之一，而那次采访则是我们一生中最有意义的一次采访。记得在中国代表团到达的第二天早晨，周总理和陈毅元帅在宾馆的院子里散步。总理一看见我们几个，马上同陈毅元帅一道热情地朝我们走来。我们赶忙迎上去问好。总理和元帅同我们在场的人都握了手，总理还一一问了我们是哪个报社的，并且亲切地对我们说：‘你们辛苦了。你们为沟通两国人民之间的了解和友谊而工作，是很有意义的。欢迎你们以后有机会到中国去访问。’周总理那热情大方的风度、恳切感人的话语，给了我们很大的鼓舞，使我们感到自己所做的不是例行公事，而是为中突人民的友谊尽一份有历史意义的职责。现在我要继续做这些工作。”

1974 年冬的一个雨天，两位中国同志在突尼斯市郊的一个地方等候公共汽车，衣衫已被雨水淋湿了，却仍不见汽车的影子。正在这时，一辆出租汽车主动停到他们身边，司机热情地问道：“你们是中国人吧？请上车。”上车后，这位司机深情地说：“1964 年 1 月，我荣幸地为中国政府代表团开过车，见过伟大的周恩来。他既赢得了我们总统的极大尊敬，也赢得了我们全体突尼斯人民的爱戴。他给我们留下了不可磨灭的极好印象。”

1976 年 1 月 8 日，周总理逝世的噩耗传到突尼斯。突尼斯政府沉痛宣布，全国下半旗和停止一切娱乐活动，为周恩来总理的逝世举哀三日。

各报刊连日刊登纪念文章和图片、消息。访华时见过周总理的突尼斯代表们哭了，和中国医疗队朝夕相处的突尼斯医护人员也哭了，不少人把报刊上的周总理照片剪下来放进镜框。体育学院的一位老工人在那些日子里每天收听北京广播，他是多么渴望听到更多介绍周总理丰功伟绩的报道啊！

为了让人们能经常看到周总理的光辉形象，突尼斯著名作家兼电影编导穆斯塔法·弗尔西，在他摄制的《突尼斯二十年》新闻纪录影片中，把周总理访问的历史镜头放在突尼斯同各国友好交往场面的最前面。影片把人们带回 1964 年 1 月 9 日，那正是地中海南岸柑橘成熟的季节，突尼斯国际机场上中突两国国旗在灿烂的阳光下欢快地飘扬着，我们的周总理在机舱门口出现了，他精神抖擞，满面春风，高兴地向蜂拥到舷梯旁并且热烈鼓掌的欢迎人群频频招手致意，仿佛在把他带来的中国人民的深情厚谊，撒向突尼斯全国人民……

（本文摘自《世界知识》1979 年第 5 期）

迷人的突尼斯之夏 /

突尼斯共和国首都突尼斯城，是地中海南岸的一颗明珠。湛蓝的海水，银色的沙滩，碧绿的树丛，雪白的建筑群，构成了一幅让人百看不厌、淡雅明快的风景画。

这里的气候四季宜人，夏无酷暑，冬无严寒。但最迷人的还是夏天。每年七、八、九月，数百万欧洲游客涌到这里度假，就像一大群候鸟从北方飞来。

突尼斯城的夏天，是一年中的旱季，既无雨又少云，人们几乎天天可以观赏日出、享受日光浴，轻柔的海风拂面，你不会感到阳光的灼热。

黎明，当水天相连的东方海面由黑而紫，由紫变红的时候，海水渐渐成了辉煌无比的液体黄金，一团火球缓缓上浮，把沙滩、棕榈树、清真寺的塔尖统统染成了金色。于是，海鸥在波涛上飞舞，鸟儿在花园里歌唱，人和车出现在大路上，整个城市醒来了。

游客们大多喜欢在上午逛旧城的阿拉伯市场。由市中心西行，经过一道古城门，便进入一条两米来宽的石板街。两侧的小商铺一家挨着一家，门前挂满了金丝镶边的各色女长袍、驼毛男斗篷、丝织壁毯等当地传统服饰。商贩们用各种语言向客人们问好，兜揽生意。

市场内共有 13 条小街，一条街一个行当。最古老的食品街建于 10 世纪，此后陆续建成了香料街、首饰街、书市街、布匹街、花边街、服装街、帽子街、鞋子街、铜器街、皮革街和旧货街，等等。当你一条街一条街地信步游览过来，你忽然发现自己在这迷宫般的市场里迷路了，此时此刻，你望着那三三两两擦肩而过戴面纱的阿拉伯妇女的背影，恍若置身于《天方夜谭》的神奇世界里。

午后，海滩上格外热闹。一顶顶大遮阳伞，好像为海浪镶上了一道绚丽的花边。蓝色的大海以博大的胸怀迎接着每一位来客。大人们或击水戏浪，或在沙滩上享受日光浴；年轻的妈妈们抱着洋娃娃般的婴儿接收浪花的洗礼；孩子们嬉笑着挖沙子、玩水球……夕阳西下，人们才同归巢的飞鸟一道，各自离去。

夜幕降临时分，人们携妻带子、呼朋唤友前往古莱特港的海鲜一条街，品尝各种海鲜。夏季的晚上，林荫大道禁止车辆通行，拉起彩灯摆上桌椅，就成了露天海鲜餐厅，这里的奶油龙虾、香煎鱼、烤对虾、凉拌鱿鱼、煮蛤蜊，味道鲜美，城里的餐馆可做不出来。饭后，照例上一道西瓜和白兰瓜，再上一杯薄荷茶。一边品茗，一边欣赏餐厅播放的阿拉伯音乐。

到了晚上九十点钟，市民和游客们纷纷涌向北郊海边古罗马剧场。古剧场依山而建，层层石阶，可容纳 10000 多名观众，场场爆满。每年夏季的迦太基联欢节就在这里举行，节目精彩纷呈：中国京剧、俄罗斯芭蕾、西班牙古典舞、法国现代舞、保加利亚民间舞、塞内加尔芭蕾、美国爵士乐……像一朵朵绚丽的昙花，虽说只是瞬间的怒放，却给观众留下了永恒的芬芳。

夜深人静，海边的大旅馆里，还有些外国游客依旧躺在露天泳池旁的躺椅上，凝视着满天星斗，倾听着阵阵涛声，舒坦地呼吸着海的气息、花朵的清香，流连忘返。啊，这迷人的突尼斯之夏！

（本文摘自《瞭望》1986 年第 29 期）

古城凯鲁万 /

在突尼斯中部平原上，有一座建于公元 7 世纪的阿拉伯古城——凯鲁万。这个只有五万人口的小城，每年吸引着近百万名外国游客。

在一个初春的日子里，我访问了这座有名的古城。到达凯鲁万，首先映入眼帘的是闻名于阿拉伯世界的大清真寺。就是因为这座有 1000 余年历史的宏伟建筑物，凯鲁万才被公认为伊斯兰教的第四圣地。来到凯鲁万的人一般都要先去瞻仰这座古老的大清真寺。寺门内外，非常洁净，也非常肃静。大门内一道宽廊环绕着大殿，殿有十四扇刻镂着各种花卉图案的高大木门。殿内雕梁画栋，石柱林立，四壁一律砌饰着花鸟图案的彩色瓷砖。据陪同参观的省府官员阿拉尼介绍，大殿高 18 米，长 28 米，有大理石柱 480 根，门窗雕刻图案计 280 种，整个建筑兼采了阿拉伯、柏柏尔及古罗马的工艺特长。从大殿横穿拱廊，便进入庭院。院中有太阳计时仪一座、水井两口。阿拉尼解说了井口的妙用：这是一块正方形的大理石，上面刻着好几层连环“之”字形图案槽，雨水经过石槽过滤了其中的杂质后流入井内。突尼斯古代匠人把科学与艺术结合得如此巧妙，使来自世界各地的参观者都赞不绝口。

凯鲁万的清真寺总共有100座之多，都是有很高艺术价值的建筑物，它们千百年来为北非和西非许多国家传播伊斯兰文明作出了贡献。至今，研究阿拉伯文学史、建筑史的专家们仍经常来这里考察。

我们应阿拉尼夫妇的邀请，访问了他们的住宅。在一间厢房里看到一架织地毯的机子，上面垂着半幅色彩协调、图案精美的地毯。主人介绍说：凯鲁万城里几乎家家都有一两台织毯机。因为这里是个牧羊区，又有许多清真寺，所以很久以前妇女们便把清真寺门壁上的图案描下来用于织地毯了。突尼斯全国的地毯织造业源于凯鲁万，所以凯鲁万又有“地毯之乡”的美誉。我们去参观当地国营地毯展销部时，发现在那里的五个大厅里，厅墙上挂满了地毯，地上铺满了地毯，墙根堆满了地毯，五光十色，令人目不暇接。展销部负责人告诉我们：这些产品主要出自当地千家万户的妇女之手。凯鲁万地毯生产正在迅速发展，1966年时已产优质地毯5万多平方米。

在凯鲁万，我们还参观了其他很多有意思的地方，比如：全城第一口井和终身守在井边的骆驼；1952年爱国者为反抗殖民统治而抛头颅、洒热血的大街；生产出口水果和蔬菜罐头的自动化加工厂；年产24000吨砖瓦的现代化砖瓦厂。在凯鲁万，我们看到了：古老的民族传统与朝气蓬勃的现代生活协调地融合在一起。

（本文摘自《羊城晚报》副刊）

一幅镶嵌的“太极图”/

——中突文化交流的历史文物

在突尼斯共和国东部海滨城市苏斯的考古博物馆里，有一幅直径半米多的镶嵌壁画“太极图”。近年来，到突尼斯访问的一些中国代表团经过苏斯时，都应邀参观了这件证明中突两国人民早有文化交流的珍贵文物。

据博物馆的负责人介绍，他们把这幅画叫“阴阳图”，它表明天地事物分为好与坏、白天与黑夜两个方面。

相传这原是中国纺织品上的图案，经过丝绸之路从东方传到欧洲。古罗马人常在家门前挂上这种图案，祈求逢凶化吉。公元二三世纪时，突尼斯工匠按照这个图案创作了这幅镶嵌壁画。

苏斯考古博物馆陈列出土的古罗马帝国统治时期的突尼斯文物，其中数量最大、价值最高的是数以百计的镶嵌画。

镶嵌画，就是用天然彩色的碎石子拼制的画面，或铺于四壁，或铺于庭院，是古罗马人擅长的建筑艺术。内容主要表现古代劳动人民的狩猎、耕种和捕鱼生活，也反映战争与娱乐以及花卉图案等。镶嵌画画面图案精致美观，人物及动物的形态优美生动。

古代突尼斯匠人在创作镶嵌画时兼收了罗马人与本地柏柏尔人在这方面的长处，因此在已出土的各国镶嵌画中，突尼斯镶嵌画以其精美闻名世界。

（本文摘自《人民日报》海外版 2007 年）

扎伊尔河见闻 /

故乡的朋友们：

离别你们，飞越 20000 公里，来到这地处赤道非洲的扎伊尔，已有一些日子了。来这里之前，我们从书本上了解到："扎伊尔河，又名刚果河，全长 4640 公里，是非洲第二大河，其平均流量为每秒 40000 立方米。"三年前，蒙博托总统访华期间，我们从《人民日报》的一篇文章的第一句读到："扎伊尔河波涛汹涌……"因此，我们一直以为扎伊尔河一定像长江那样"无风三尺浪"。可是当我们来到扎伊尔河畔，看到独木舟划过河心是那样平稳；我们登舟在河上荡漾，也丝毫看不到浪花。几里宽的河面，不论刮风下雨，总显得那样平静，简直用"水平如镜"来形容都不过分。这实在是不可思议。我们问过当地的朋友，有的说是因为河流位于赤道附近，有的说是由于月亮的南北平衡吸引力，莫衷一是。不过有一点是肯定的：大家都说，河面的确没有波浪，除非快艇驰过溅起浪花。

但也别以为扎伊尔河是平静的。它实际上平而不静。它水流甚速，人们可以看到从上游漂来的水浮莲由远及近，又迅速漂向前方。这么平的水面上，除个别地段的浅滩外，看不到有人游泳，原因就是水下有危险，一是漩涡，二是鳄鱼。连金沙萨这么繁华、岸边早已没有丛林覆盖的河里，也有潜伏在水草里的鳄鱼。个别西方人怀着猎奇的心理冒险下河游泳，结果是葬身鱼腹。西德一位驻扎伊尔大使就是牺牲者之一。至今，西德使馆办公室里仍挂着这位冒险家的遗像。

扎伊尔河只是对轻率的人才是可怕的，对于两岸的人民来说，它是哺育文明的摇篮、交通运输的脊梁、渔业资源的巨仓、水力资源的宝库。说起渔业资源丰富，我们最近周末去河边浅滩散步时，不但多次看到鱼儿跃出水面，而且一位伙伴还用手逮住了一条不小的“上尉鱼”。放在木炭上一烤，味道鲜美，不亚于故乡的鳜鱼。沿河有许多渔村，夜间，渔民们乘独木舟用尼龙网拦截鱼群。尽管捕鱼工具十分简陋，却总能满载而归。由于扎伊尔河的巨大流量和下游落差大，扎伊尔的水力资源蕴藏量达一亿千瓦以上，占非洲水力资源的一半，占世界的13%。目前全国年生产电力约40亿千瓦时，还不到水力资源的1%。著名的英加水电站位于扎伊尔河下游，目前总装机容量已达175万千瓦，除保证300万人口的首都金沙萨市和扎伊尔省，以及通过1700公里的100万伏高压输电线供应沙巴省矿区用电外，还输往刚果等邻国。金沙萨物价之高在世界名列前茅，唯独电费便宜，居民每户每月用电在50千瓦时以下者免交电费，大街上的路灯经常在白天也开着……

时间关系，这次就谈到这里。但愿这些叙述能增进你们对这块赤道非洲土地的了解。

（本文摘自《新华日报》1982年）

茉莉花开金沙萨 /

“好一朵茉莉花……”伴着悠扬轻快的交响乐旋律，字正腔圆的中国江苏民歌《茉莉花》饱含着浓郁的江南气息，把我们带回到阳春三月的故乡。

骤然，一阵雷鸣雨注般的掌声从观众席上飞起。我们蓦地想起自己还在扎伊尔首都金沙萨的人民宫演出厅里，参加蒙博托总统为欢迎中国总理来访而举行的文艺晚会。看，中国总理高兴得把双手举起来鼓掌，蒙博托总统也在频频点头、拍手。台上，聚光灯下三位苗条的扎伊尔姑娘亭亭玉立，正是她们，在那位胖胖的秃顶指挥和一支 20 来人的乐队的伴奏下，笑眯眯地用发音地道的汉语演唱着《茉莉花》。

其实，从接触这首歌到熟练地用汉语演唱，总共不过 10 小时的练习时间。但那是多么不同寻常的认真、辛苦的 10 小时啊。

乐队指挥、乐队成员以及三位演唱者，都是扎伊尔国立艺术学院音乐系的师生。去年 12 月 27 日，乐队指挥接到学院指示，要他为今年 1 月 2 日欢迎中国总理的晚会组织一个演唱中国歌的节目。这位名叫哈桑的埃及教授二话没说，当即托人到中国使馆找歌本。他挑中了《茉莉花》，连声说："茉莉花最香，中国人、埃及人、扎伊尔人全都喜欢它。中国总理这次也访问了我的祖国，我要在客居的金沙萨用这个节目来表达一份真诚的敬意。"当晚，他在气温 30 多摄氏度的寓所房间里挥汗如雨地几乎工作了一个通宵，把简谱改写成多种乐器协奏的交响乐谱。翌日上午，他又精神抖擞地赶到学院指挥练习。乐队的成员们同他们的指挥一样，兴高采烈地为迎接中国总理而放弃年假，连续三个上午赶排节目。至于三位女歌手，更是喜得像枝头的夜莺似的。她们是西方古典声学专业二、三年级的高才生，有演唱舒伯特、莫扎特等音乐大师名作的功底，所以一见谱就能准确地唱出来。在场协助排练的中国朋友觉得很不错了，而她们却不满足，坚持一连几个小时地反复练唱，特别注意中文发音上的地道，还不断要求中国朋友严格指出不足之处。她们说："友谊和艺术都要求专注和一丝不苟。"

就这样，在浇灌了深情、心血和汗水之后，这株从中国江南移植到赤道非洲来的"茉莉花"盛开了，"满园花开，香也香不过它……"它那馥郁的芬芳已沁入 3000 万扎伊尔人的心中，也飘向了遥远的大江南北的水乡泽国。

1982 年 1 月　金沙萨

（本文摘自《人民日报》副刊）

骑自行车环球旅行的父子俩 /

11 月上旬的一天，在非洲扎伊尔首都金沙萨的大街上，出现了两个骑自行车的欧洲人。经打听，这是两位法国人，父子俩。父亲 44 岁，名叫让·马尔布朗格。儿子 18 岁，叫雅克·马尔布朗格。他们是骑自行车环球旅行时来到了这里的。

他们两年前从巴黎出发。骑车南行，渡地中海到阿尔及尔，再沿海岸东行抵突尼斯。因申请利比亚签证未成，便改道经意大利、希腊、土耳其、塞浦路斯、以色列至埃及。从开罗沿尼罗河往南，穿过苏丹，抵肯尼亚。原打算东渡印度孟买，但未等着船，便转向乌干达，途经坦桑尼亚境内的乞力马扎罗山麓。从乌干达到卢旺达，接着便进入扎伊尔。入境后便横穿赤道森林，由基桑加尼城取水道抵首都金沙萨。据父子俩介绍，旅行中有四大问题：住、吃、费用、签证。在他们的小拖斗车里备有小帐篷、衣服、用品、炊具、少量的水和食品。无论荒野、沙漠、森林，帐篷一撑开便是“卧室”。有时受村民们邀请，父子俩便睡进圆顶茅屋，到了大城市，也常应邀到侨民家居住。饮食方面，他们入乡随俗，从阿拉伯的古斯古斯饭菜到撒哈拉以南的非洲居民的主食木薯，甚至当地居民习惯食用的烤昆虫，有什么吃什么，吃什么都很香。为了解决费用问题，他们除了应约向法国报刊提供有关旅途的见闻图片和文字稿得到报酬之外，还靠技术劳务开辟收入来源。譬如在希腊，参加农户收摘柑橘；在以色列，帮农场主分蜂房；到埃及后分别在美国电影公司和埃及电影公司摄制的片中扮演白人群众演员；在苏丹，替人盖屋、刷房；在肯尼亚，干电焊的工作。签证一般都是到了一站后再办下站的，办不成就改道。

走了这么长的路，这父子俩竟然觉得还没有碰上什么了不得的困难。在他们看来，道路的崎岖泥泞，暴雨烈日的淋晒，沙漠的荒凉干燥，蚊蝇虫兽的干扰，以及车的抛锚、人的饥渴，都是正常的、意料中的，算不上大的困难，况且经过之后都成了亲切、愉快的记忆。即使是刚到阿尔及尔时遭到某些青年人的敌视，在埃及也有青年向他们扔石子，在突尼斯闹市区，他们的护照、钱包、摄影机被窃，所有这些当时都曾使他们苦恼、不快。但事后他们仍然认为，这一切同样是可以想得通的。事实上，无论是阿尔及利亚人，还是突尼斯人、埃及人，特别是乡村的农民、牧民，都是待人很热情、友善的。相比较而言，在扎伊尔境内倒有过一段“稍算艰辛的历程”。老马尔布朗格开始叙述起来：“9 月中旬，我们在卢旺达游览过世界著名的活火山之后，从戈马市进入扎伊尔国境。戈马紧紧依傍在明镜似的基伍湖畔，坐落在尼拉贡戈火山南麓，湖光山色，鸟语花香，气候宜人。在那里流连了两天，便沿湖南行，十天后到达南基武省省府布卡武。为了游历世界第五大河流扎伊尔河（又名“刚果河”），我们决定往北方的东方省省府基桑加尼进发。从布卡武到基桑加尼，得穿越 650 公里赤道原始森林。开头的一段林中有小路，可以骑车。随后

250 公里连小路也没有，只有推车步行。林中灌木丛生，草深过人，那真是名副其实的披荆斩棘。许多次看到野牛、野猪和蟒蛇，我们停步不动，它们也没袭击我们。晚上躺在帐篷里，野兽的吼声不绝于耳。疲劳使我们顾不得害怕，照样呼呼大睡。大森林的清晨富有特殊的魅力，轻纱般的薄雾透进金红色的晨曦，色彩柔和，晨风清新，飘送野花的芬芳，更有百鸟和鸣的音乐会，这会使你忘却一切艰险劳累。十天后，小路又出现在面前，它显得那么平坦宽畅。扎伊尔河能通航处上游截至基桑加尼，由于盘缠将尽，我们在河边搭乘一艘私人运咖啡去下游赤道省莫贝尔的货船。在船上我们将钓到的鱼送给船主，船主则邀我们一道吃木薯蒸糕。一个星期走完 700 公里，船停靠在莫贝尔码头，我们一时找不着去下游的船。热心的当地人领我们到离河边不远的林子里砍竹子，并教我们用藤条绑扎竹筏。最后绑成一个长、宽各四米的筏子，又在筏子上支好了帐篷，固定好了自行车。大家帮着把竹筏放下水，我们便登筏离岸向下游漂去了。扎伊尔河很宽，也很深。但据说因它在赤道上奔流，地心引力特别大，所以河面竟不见波涛，独木舟也能平稳地往返于两岸。不过对我这个偏偏不会游泳的人来说，用小筏在大河上漂行千里，毕竟有几分危险。危险果真是有的，往往在下午，天边云层刚刚发生变化，不出十分钟便乌云满天，狂风大作，其气势汹汹可拔树掀屋。这时，小船、筏子纷纷靠岸，迟则遭殃。在扎伊尔河上漂航，饱览沿岸风光，也饱尝了每天钓上来的味道鲜美的上尉鱼和非洲鲫鱼。日晒雨淋，走走停停，一个半月行完了这 1000 公里的水路，终于到达了撒哈拉以南的非洲第一大城金沙萨。”

小雅克觉得旅行使自己有四大收获：一是长了见识，开了眼界；二是长了才干，学会了许多生活与生产的技能；三是磨炼了意志；四是增强了体质。他叙述道："尼罗河给了我震撼性的启迪。它的河谷是一条常绿的生命带，往外便是无垠的黄色沙漠了。而那肯尼亚的赤道雪峰，'赤道瑞士'卢旺达的四季如春，扎伊尔的天然动物园，乌干达的巴雷加瀑布地区都像天堂一样美丽。在天然动物园里，悠闲的长颈鹿、机灵的羚羊、调皮的猴子、雄伟的大象、东奔西跑的野猪、懒洋洋的狮子，我们都遇见过。在森林里，我们还见到了很多种之前从未见过的鸟，五彩缤纷，美极了。那里真是神话世界。宽阔的扎伊尔河，晴日里朝阳把河水染成了金色，满月时一河流动着白银。大自然的美是难以形容的。沿途和各种人接触，感受到种地、捕鱼的村民最朴实可爱。当我们乘坐竹筏沿扎伊尔河顺流南下时，几乎天天晚上都成为岸边村民的贵宾，他们邀我们吃美味的晚餐。真的，世界上好人和有趣的事可多了，将来我要把它们全都画出来。"

扎伊尔自行车厂在这两位法国旅行家抵达金沙萨后给他们赠送了两辆特制的自行车和一辆小拖斗车。再过几天，父子俩又要继续上路了。他们将过河去刚果首都布拉柴维尔，然后往西行前往加蓬，从那里搭船去南美的巴西。由巴西穿过中美洲各国，去北美的美国、加拿大，大概两年以后可达日本。他们还打算在东京申办进入中国的签证，将登长城，游长江。

记者与马尔布朗格父子俩匆匆相识又匆匆分手。他们的形象也许会从我的记忆中渐渐远去，但这父子俩勇往直前的乐观精神和脚踏实地的求知态度，将永远留存在我的脑海里。

（本文摘自《环球》杂志）

这里没有欢笑 /

——恩贾梅纳访问记

8 月中下旬，记者曾去乍得首都恩贾梅纳采访。如今一闭上眼，那弹痕累累的断壁残垣仍历历在目，那法国军用飞机训练飞行的呼啸声又响在耳际，还有那在战争气氛中珍惜暂时和平生活的市民们也一一浮现在眼前。然而搜尽记忆的角落，却始终想不起在这座城市的任何地方，曾经听到过任何一声欢笑。

恩贾梅纳的市民们给我们留下了不可磨灭的印象。他们生活在不安和困苦之中，却秩序井然。人们按顺序排队上公共汽车，默默地谦让着。大清真寺旁边的大市场买卖照常，虽然没有通常的嘈杂声。恩贾梅纳人的沉默和哀愁是明显的。设身处地想一想，国家打了 18 年内战，首都从 1979 年以来也大打了好几场，市民们不是家破人亡，就是背井离乡，笑从何来？其实，就连我们两个客居的局外人，自从乘独木舟从喀麦隆渡过沙里河登上恩贾梅纳岸边的时候起，也笑不出来了。一上码头，迎面就是被子弹打成筛子一样的几堵墙壁和一根光秃得像扭曲了的铁条似的树干。不知这是1980年内战还是1981年争夺时的“产品”，而今凄凉伫立，每天迎送着来往过河的人们，无声地宣告：国家战事未了，首都尚未重建。

类似的凄凉景象在全城比比皆是。我们乘坐的公共汽车车身上满是弹痕，车头挡风玻璃上还有个溜圆的弹孔，令人想到，这颗子弹可曾打死司机或任何乘客？市中心昔日金碧辉煌的大教堂，如今徒有四壁，顶、厅荡然无存。戴高乐大街最繁华的商业地段变成了荒草丛生的瓦砾堆，蟋蟀啾啾声清晰入耳。看到我们惊愣的表情，一位小摊贩不禁叹惜地插了一句：“你们还没看到死了多少人哪！”

当我们来到坐落在市区的乍得博物馆时，馆长接待了我们。他沉痛地介绍说，过去这里有3名管理人员，2名在1980年内战时死了，现在只剩下他1个，每天按时上下班，尽一个爱国者的责任，希望同胞们懂得和珍惜本民族的历史。他惋惜地说，陈列品大都遭到摧毁或失落，现已所剩无几了。

今年6月，乍得北方战事再起，首都一度人心惶惶，居民们又开始打点行装，准备过河去喀麦隆逃难。最近北方前线出现僵持局面，恩贾梅纳暂时复归平静，人们仍照常上班，照常生活。但战争气氛仍像乌云一样笼罩着这座城市。法国军用飞机日夜不停地向这里运送部队和武器，旅馆都被法国军人和外国记者住满了，身着军便服的法国飞行员、伞兵、装甲兵成了咖啡馆里的常客。

在恩贾梅纳街头、市场上和政府部门的办公室里，我们同一些乍得人进行了交谈。我们问：“你最大的愿望是什么？”回答几乎是异口同声的："那还用问！独立、和平！"一位商人说："没有和平，别说生意兴隆，能不家破人亡就感谢真主了！"一位出租汽车司机对一位西方记者严肃地说："你们这么多记者涌到恩贾梅纳来，我们生意是好了。可我宁愿你们不来，宁愿自己不赚这些钱。因为你们来的人多了，就意味着我们这里不太平了。"

在离开恩贾梅纳，坐上沙里河的独木舟时，我们问一位为免交船费而替船主划桨的中学生："恩贾梅纳这个地名在当地语中是什么含义？"他深沉地答道："听老师说，恩贾梅纳就是宁静的意思。可它几时才能宁静啊！"说时，他的目光茫然注视着前方，忧伤的脸上没有一丝笑容。

（本文摘自《人民日报》1983年9月16日）

以色列印象 /

前年4月，在以色列逗留了数日，跑马观花，道听途说。留下的印象竟深刻异常，挥之不去。

天差地别的感觉

从中国香港起飞了14个小时之后，离目的地以色列的特拉维夫已经不远了，飞机开始降低飞行高度。当地时间约为早晨7点钟。我向舷窗外俯瞰，机翼下是一片茫茫的沙原、沙丘，以及线一般细的公路网，没有河流，枯黄单调。看了几回，景色依旧，眼睛感觉疲劳，我便继续闭目养神。这就是沙漠占国土面积三分之二的以色列，同我国西北的戈壁沙漠没有两样。

大约半小时后，飞机已降落在特拉维夫国际机场上。原以为会风沙扑面，空气干燥。却不料走出舱门竟是和风拂面，凉爽滋润。机场外，早晨的阳光下，树木和草坪因无尘而绿得发亮，鲜黄的野花生机勃勃，更有悦耳的小鸟啾啁，恍如江南春色。一夜长途的劳顿全然消失，我们一行人男女老少个个都感到精神十足。

玫瑰与鲜果汁

登上接待的大巴，迎接我们的是一位不久前才移民到以色列的北京小姐，姓吴。她满面春风地向大家问好，并给每位客人送了一朵鲜艳芬芳的红玫瑰。她说，送红玫瑰，首先是表达热烈欢迎之意，祝大家访问之旅愉快；其次是因为以色列盛产鲜花，2016 年，它已经是花卉出口量占世界第二位的国家，仅次于荷兰。

我们下榻于特拉维夫的“太阳大酒店”，旁边就是地中海海滨浴场。酒店大堂很大，摆着十来张真皮长沙发，客人们全都可以坐下等待分配房号。大家很快发现，大堂的总服务台一侧的桌台上有两个硕大的鲜果汁盛器，一个盛着橙汁，另一个盛着柚汁，很多个干净透明的玻璃杯置于台面，供住客免费随意饮用。“看来，以色列的水果不是一般的多”，我们一边饮一边议论。这话没讲错，有一次到菜市场参观时，那鲜艳亮丽的各色水果和蔬菜，尤其是大个的草莓、红椒和土豆，太诱人了，招引我们每个人都和它们“合影留念”。

以色列的农业非常发达，世界闻名。它不但让 600 多万人吃饱、吃好，而且大量出口粮油、肉、奶、蛋和果、蔬。以色列的面积只有北京加天津那么大，土地除了沙漠，大都是盐碱地，又严重缺少水资源，全年日照 340 天，只有 20 余天是阴天，雨水稀少，境内没有河流，仅在北部高地上有一个小小的淡水湖。发达的农业靠的是高科技。

在集体农庄的田野上，在沙漠地的育苗棚里，人们都能看到网络般的细水管，那是电脑控制滴灌的水管，是目前世界上最先进的灌溉技术，是以色列重大发明专利项目之一。现今的以色列农业已是高科技工业，农场主在办公室或家里看电脑，按电钮，选种、育苗、灌溉、施肥、除虫、收获，全部自动化，由电脑管理和操作。奶牛场的景观最有趣：每头奶牛佩戴一台专属寻呼机，时间一到，寻呼机震动，奶牛就自动排队去接受挤奶，秩序井然。吸奶器边按摩边吸奶，母牛如感牛犊舐吮，舒服而又兴奋地出奶。奶牛的饮、食也都是自动化的。以色列是世界上奶牛出奶量最高的国家。

居民房顶的“烟囱”

连日来，我们的大巴往返于以色列深灰色的沥青公路上，从地中海的特拉维夫和海法港，到中部圣城耶路撒冷，以及东部傍近死海的万年古村杰里科，南部红海之滨的边陲小镇埃拉特，到处看到居民房顶的桶状“烟囱”。那是太阳能接收器和附件水桶。据以色列朋友介绍，“它不但给住户供应日用热水，用来冲凉、洗物，而且提供照明和烧煮饭菜的电能”；“有专销店负责安装”。以色列居民除了汽车仍用汽油外，一般是不用消耗油、气、煤、柴等燃料的，既节省能源，而且还干净。

以色列朋友说：“这也是被逼出来的。我们没有石油、天然气、煤和森林资源，周边国家有石油却不肯卖给我们，以色列只好到南美的墨西哥买石油。我们只有太阳，于是研究太阳能的开发和利用。”

首要的资源是什么

以色列的资源主要有太阳和海，他们向太阳要能源，向海要盐。如今，以色列的太阳能开发、化工制药业、农业、通用生物技术、通信设备制造业、航天航空业、电子计算机、军工生产以及钻石加工业，均居国际先进水平，有的甚至位居世界第一。这是怎么得来的？是靠人创造出来的。所以，以色列人说，首要的资源是人。

那么，人的资源又是靠什么开发的？

以色列1948年建国后，全国上下有一个共识：必须以科教立国。他们认为，民富国强要靠经济发展，经济发展要靠科技发展，科技发展要靠人的整体文化素质的提高。因此，抓住教育不放，抓住全民素质的提高不放。1949年颁布的《义务教育法》规定，所有少年儿童必须接受免费义务教育，直至中学毕业。升入大学后，政府仍要根据学生家庭的经济状况给予教育补助。现在，以色列获得学位的人已达全国人口的10%，而且每353人中就有一名博士。以色列劳动力中将近25%的人是科技人员和专业人员，远远高于美国的16%和日本的11%，高居世界首位。早在1997年，以色列已拥有3000多家高科技公司，因而有“世界硅谷”之称。

粗浅的思考

去了一趟以色列，我和此行的同胞们都感到很受启发和鼓舞，不但对我国的西部大开发充满了信心，而且对中华民族的全面振兴也充满了信心。

我们深信，有中国共产党的坚强领导，今后更加切实狠抓教育和科技，那么我们伟大的祖国要成为世界上最发达、最文明的国家之一，肯定不需要很长时间了。

（本文摘自《民营经济研究》杂志）

大奖有价 诚信无价 /

——访江苏兴化福彩投注站业主汪东奇

编者按：

500 万元，可不是小数目。特别是对于生活并不宽裕的人……

按有关规定：买彩票，谁付了钱，谁持有可兑奖的彩票，谁就有权领取奖金。所以托买的人必须在开奖前交款取票。可是偏偏就有代别人买，而别人没交钱、没取走的彩票却中了头奖 500 万元的巧事！面对这个 500 万元奖金，不同的人会做出不同的选择……

——汪东奇，一个彩注站的代售商，面对这 500 万元奖金，却毫不动心，信守承诺，把奖票交还给了托他代买的人。而且，他的妻子、他的父母，也都无怨无悔地支持他……

二月中旬的一个晚上，中央电视台《新闻联播》节目报道了江苏省兴化市福彩投注站业主汪东奇的诚信事迹 :2005 年 12 月 8 日上午，一位彩民打电话委托汪东奇垫钱代买一注福利彩票，该彩民当天没付钱也没去取彩票。谁知当晚开奖后，这张代购的彩票竟中了一等奖 500 万元！惊喜之后，汪东奇夫妇立即把喜讯通知中奖彩民，并于当晚将中奖彩票交给了那位幸运者。

笔者作为民营经济研究工作者和汪东奇的同乡，双重地为之感到骄傲，决定从广州赶到兴化，采访汪东奇。

兴化是江苏中部的一个水乡城市，是郑板桥的故乡。时值烟花三月，桃红柳绿菜花黄，春光明媚，分外宜人。

在兴化市政府朋友的协助下，我们首先见到了兴化市福彩中心的孙主任。孙主任向我们介绍："福彩中心成立七年了，因为诚信服务彩民，已成为江苏省十佳福彩中心之一。汪东奇承办张阳小区福利彩票投注站虽然仅仅三年，却年年先进，已被评为全国十佳明星投注站。彩民常有人托小汪垫钱代买彩票，中了，奖金都归彩民。有时，没中奖的彩民会忘了还他钱，使他已累计亏了 3000 多元，他却照样坚守诚信。也正因为这种托买彩票却又忘记付钱的现象在各地都时有发生，从 2005 年 11 月 23 日开始，江苏省实行一条规定：谁交钱，谁持奖券，谁就有权领取奖金。所以这次（12 月 8 日），这位彩民委托汪东奇代买彩票，之后既没交钱也没取彩票，按新规定，汪东奇可以是合法的领奖人。但是汪东奇毫不含糊，认为自己承诺代买，这个奖就不该是自己的，应该把奖券送交这位彩民。我们都支持他这样做，因为大奖有价，诚信无价。"

汪东奇是一个结实、朴实、很精神的年轻人。他话不多，但有问必答。

问："央视宣传了你的事迹，兴化市委也下达文件号召全市向你学习，现在你对自己做的这件事怎么看？"

答："其实我只是做了我应该做的事。从小到大，父母、老师、党组织都教育我，诚信是做人、做事之本。"

问："你希望自己有很多钱吗？"

答："当然希望。但君子爱财，取之有道。要是有很多钱，我会马上买一套房子孝敬已经退休的父亲、母亲。我们现在一家五口住一套 70 平方米的旧房子，在顶层六楼，两房一厅，一间是父母的卧房，另一间，是我和爱人还有上小学三年级的儿子的卧室，我们大小三人一直合睡在一张木板拼起来的大床上。"

问："你承办这个投注站每月有多少收入？"

答："2000 元左右，这个收入就是福彩中心按投注站的营业额提取给我的奖金。"

我提出到他家里拜访一下他的父母，汪东奇爽朗地答应了。

我气喘吁吁地一口气登上一幢旧居民楼的六楼，见到了汪东奇的父母亲，他们红光满面，十分和蔼热情。汪东奇的父亲是中学老师，母亲是小学老师，都退休在家。

汪父说："我儿子是一个普通人，做了一件平常的事。当然，这件事仔细掂量起来，还真有些分量。有位律师朋友跟我说，按照规定，汪东奇有权享有这 500 万奖金。但是我告诉律师朋友，如果我们真的留下这 500 万元，我们的物质生活自然会大大提高，但是我们全家将永远心里不安，那对我们的身心不利，对儿孙的教育更不利。"

母亲叙述了 12 月 8 日晚上的情景："晚上 8:30 电视直播摇奖的实况，突然东奇欢呼起来，我们站的彩民中头奖啦！ 500 万元啊！接着他告诉我们这是上午有人托他买的彩票，他要马上打电话告诉这位彩民。我们全家都说应该这样做。”

汪东奇的爱人因为在投注站看档口，没能回来和我们见面。我们正要离开时，他的儿子放学回来了，一见到爸爸就快乐地跑上来搂住爸爸的脖子，亲热地连声叫：“爸爸！爸爸！”

我们见到了一个物质上相当艰苦的家庭，同时也看到了一个精神上非常富有的、幸福的家庭。

我悄悄问了小汪一个比较敏感的问题：“那位彩民分给你多少奖金？”汪东奇答：“他赞助给投注站 2 万元，用作改善设施。”

我又提了一个问题：“你相信善有善报，诚信会有好报吗？”

他做了肯定的回答：“诚信会有好报。大家更加相信我，这不就是好报吗？”

我的最后一个问题：“最近一个月到你投注站买彩票的人是不是比以前多了？”

答：“上个月的营业额突破了 10 万元，等于往常一个月的两倍半。”

汪东奇是那么平凡，又是那么不平凡，他的品格分量如今有多少人可与之相比？这么一件看似平常又极不平常的事，会让我们想得很多很多：诸如，家庭教育是多么重要，又是多么影响深远啊！诸如，人的品格难道不是由一次次的真诚行为铸造出来的？诸如，不论腐败、堕落的病菌蔓延多广，心灵健康、知荣知耻的好人非但不会绝种，还会像天上的星星一样，只是被污染的大气层遮住了，其实他们仍然是无数的，灿烂无比的。

（本文摘自《民营经济研究》杂志）

序言和后记

感恩母校 /

（《一个甲子的记忆》前言）

60年前，我们从母校出发；60年后的今天，我们回到出发地。我们“省镇中”1954年高中毕业的共有116位同学。当年，令母校师生深感欣慰的是，1954届高考录取率高达97%，其中60%的同学考入了清华、北大、南大、复旦、上海交大、浙大等国家重点大学。

那年秋天，我们像一群训练有素的鸽子，“飞离”母校和故乡，飞向远方，飞向未来的风雪雷电、雨露阳光……直到60年后的今天“飞回”故乡母校，我们终于可以自豪地向母校报告：我们努力过、奋斗过、奉献过，无愧于哺育和教养了我们的国家和母校。

为什么在几十年曲折艰辛、酸甜苦辣的人生历程中，我们始终能敬业、献身、为中华人民共和国大厦添砖加瓦，为社会提供正能量，只因为：我们从未淡忘过母校老师们言传身教的校训——一切为了中华民族！

60年了，我们由花季少年变成了鹤发老者，虽然步履不再矫健，但我们的感悟、智慧、知识、见识，科技发明成果、文史研究作品、宏伟的水利工程……这数不清的精神和物质财富，满载在我们的行囊里，沉甸甸地献给母校，谨此表达我们永恒的敬意和谢意！正如我们杰出的同学代表于渌院士所说，“感恩是我们回忆的主线”。

我们特别感恩和怀念当年倾心传授我们知识、教育我们做人的母校师长。他们让我们对祖国语言文化产生了由衷的敬爱和自豪感；使我们对科学充满了好奇心和求知欲；激励我们热爱中华民族、热爱中国共产党；让我们个个热爱体育运动。总之，我们的老师是一群忠诚教育事业、既教书又育人的教育家，在我们心目中他们有时就是都德《最后一课》里的汉麦尔先生，恨不得把自己所有的知识都一股脑儿地传授给我们，更多的时候他们就是陶行知——以身作则，言传身教。遗憾的是，当我们 60 年后回到母校来献上这份感恩之情时，老师们大多已驾鹤西去。老师，我们来晚了！

阔别 60 年，今天我们回到出发地母校，也是为了向年轻的学弟学妹们深情地问好致意！我们非常羡慕你们的花样年华，也非常羡慕你们所处的新时代。应该是历史的巧合 :1954 年，我们高中毕业离开母校那年，正是 1894 年甲午战争 60 周年，中华人民共和国刚刚成立不足五年。60 年又一个甲子，2014 年的今天，我们的国家正站在新的历史起点上，朝着实现国家富强、人民幸福、民族振兴的伟大梦想大踏步前进！ 1954 届老校友、中国汽车工业传动技术的奠基人葛安林教授有一段话，供学弟学妹们参考 :“我们都在讲‘中国梦’，这是把大家的心愿汇聚起来的一个战略目标，它属于人民，属于国家，而对每一个人来说就是要立志，将自己的梦与祖国的梦重叠才有动力，才有真正意义上的成功。”1954 届校友一致强调“人生要摆正两个关系 : 一是物质和精神的关系，人可以暂时缺少物质，却在任何时候都不能缺失精神；二是个人与国家、社会和他人的关系，一定要把个人排在后头”。多位校友也在他们的回忆文章中谈道：“现在是中国历史上最宽松、最有条件、最接近民族复兴目标的时刻，但诱惑也最多，人容易走上偏路而耽误一生。期望学弟学妹们志存高远、脚踏实地，用智慧和勇气迎接挑战，领悟人生的真谛，报效祖国和人民！”

阔别 60 年，今天我们回到出发地母校，也是为了重温我们已经珍藏了一辈子的同窗情谊。几十年来，友谊和真情有增无减，多年以后再相见，仿佛彼此从未分离，我们是永远的同窗，永远的少年知己。

可以毫不夸张地说，我们 1954 届高中毕业的 116 位学子，个个百炼成钢，可圈可点。这里有享誉国内外的理论物理学家、中科院院士、发展中国家科学院院士、美国物理学会会士；有中外闻名的汽车传动专家、我国自动变速器之父；有中国社会科学院著名历史学家；有中国史学史和方志学权威；有当选为世界诗歌学会委员、“法国教育勋章”（又称“法兰西教育骑士勋章”）获得者；有清华、西安交大等著名高等学府的一批资深教授；有参与过我国原子弹和核潜艇研制项目的数位功臣；有在我国石油化工、机车制造、电机制造、锅炉制造等行业的佼佼者；有在水利工程设计、建筑设计等行业的技术元老；还有资深医生、高级记者、中学名师、科技工作者；等等。大家在各自的岗位上吃苦耐劳、勤奋工作，大多获得过从地方到国家，乃至国际上的各种荣誉。

我们还有一批看似平凡，其实很了不起的老同学：王益民，1958 年从南京工学院食品工业系毕业，凭着一腔热血奔赴风沙滚滚的新疆，吃大苦耐大劳，教书育人，从小学教到中学又教到大学，奋斗奉献 56 载，扎根新疆、热爱新疆，收获了健康快乐，收获了桃李芬芳。

还有一位积极乐观、坚忍不拔、哪里需要到哪里去的马绍骥同学。从清华大学电机系毕业的他，一生坎坷，几十年来无数次被改行、被调动、被下放，先后当过电机厂检修工、维修电工、机械钳工、工程学校教员，他总是很快成为技术骨干、发明能手，最终成为南京航空学院机动中心的总工程师。他干一行，爱一行，钻一行，从不气馁，从不抱怨，真正做到了“是金子在哪里都会发光”，对此他心怀感恩：“我的坚强、毅力和信心，来自少年时期母校老师的培养和教育！”

本届校友于锡禧同学是清华大学毕业的高才生，一生事业多有建树。他这次返归母校写了一篇《人生感悟》，他说人生就是“勤奋学习，有效工作，多做好事，无私奉献”，他还说“并非人人都能成功、都能有大作为。但做人也是一生的事业。只要自己奋斗过、追求过，失败又何妨”。

2014 年镇江中学校友聚会

《花开梦怀》序 /

今年三月的一天上午，广州市原副市长陈绮绮女士来电话，邀我到广州大厦和一位从美国来的朋友一道午餐。我欣然前往。便认识了美籍华人李浈女士。李浈女士是美国加州大学从事公共卫生学教学与研究的一位资深教授。席间，她说最近完成了一部家庭百年回忆录的书稿，已安排好今年九十月间在汕头大学出版社出版。饭后在楼下分手时，她十分信任地委托我为她的书稿想一个书名。

李浈教授第二天就离开广州回美国了。不久便寄来了书稿，因为书名是必须读完全书后才想得出来的。

人是讲缘分的。缘分就是不期而遇，一见如故。我和李浈女士就是一见如故。虽然她是名门之后，我出身于普通的城市家庭，但我们属同龄人，许多经历也相仿：抗战时期在战乱中逃难，也躲避过日军飞机的狂轰滥炸；长大后受高等教育，并且都在欧美大学读过书，在异国他乡工作和生活过。

正如人有各种各样的人，人们交友要选择真诚友善的，书也有各种各样的书，人们读书也要选择有益、受启发的。《花开梦怀》正是这样一本非常值得读的好书。它让我认识了一个很朴实而又很了不起的家庭，通过这个家庭我加深了对社会、对民族和对世界的认识，也更加懂得什么是人生的真正价值，更加懂得中华民族五千年文明的博大精深，还有，更加让我相信东西方正在走向相互接近、沟通、理解，世界的明天会更好。

作者的父亲是赫赫有名的李汉魂将军，他统帅过几十万军队，北伐时是“铁军”第四军的师长，抗战时是“钢军”第六十四军的军长。从1938 年 12 月至 1945 年 8 月当过长达七年的广东省政府主席。他不但是英勇善战的民族英雄，而且是精通儒家佛家、长于诗词文章、崇尚文化教育、行事修养规范的名副其实的儒将。然而，令人感佩至深的还不是他的官位和学识，而是他的人格魅力。他是怎样当将军的呢？单说 1938 年 5 月保卫郑州火车站一役，李汉魂将军在战前动员讲话中要求“亲爱的全军将士要义不容辞地为使祖国免受奴役、为保护自己的父母儿女不受屠杀、为保护自己的妻子姐妹免遭蹂躏而血战到底，要不惜牺牲地用血和肉来筑成我们新的长城！”当时，日军有坦克、装甲车、飞机、大炮，中国士兵的武器处于劣势，主要靠大刀砍、马刀劈、石头砸、棍棒打，进行肉搏战。三天三夜的拉锯战，终于在 5 月 27 日收复车站，全歼敌军，日将领土肥原贤二仓皇逃走，丢弃了他的战刀和勋章。汉魂将军又是怎样当主席的呢？为了与旱灾做斗争，他带头开发水库，每天从清晨忙到深夜，一天只肯吃两餐稀粥，瘦得不足 100 磅。他身体力行，努力当好“老百姓的公仆”。1947 年移民美国时，当了几十年大官的李汉魂夫妇只有几千美元的积蓄，为了养活全家七口人和供子女上学，与别人合伙开了一个小餐馆，他负责记账，夫人为大堂经理兼接待员。孩子们放学后也帮忙洗餐具。有人嘲笑他们“落到如此地步”，他们却坦然面对，“自食其力，不向别人伸手，问心无愧，何耻之有”。经过多年开拓，餐馆办成了品牌，孩子们个个成了博士、教授，在各自领域里取得了优异的成绩。父亲要求他们“要永远像步兵，朴实、忠诚，越有成就，越得到公认，就越要谦虚”。

作者的母亲吴菊芳，堪称伟大的女性。她是一位切切实实的慈善家、教育家。1937 年、1938 年她在广州、香港积极筹购药物、被服和军用品支援前线，并同其他军官家属共 18 人组成慰问团，不辞劳苦，到野战医院和战地进行慰问。1939 年开始，在她的建议和主持下，成立了广东儿童教养院，先后从沦陷区和前线地区救出了 3 万名难童。不但在生活上给予保障，而且实施文化、道德、生产、军事教育，提倡努力学习、有责任心、帮助别人、自信、自立。为了养育这么多孩子，她奔走于韶关与重庆之间，四处筹集经费，同时教孩子们学农业、学手工，争取部分自给。她倾心倾力照顾孤儿们，她自己五岁的儿子却因耽误了治疗而永远离开了她，她强忍悲痛，鼓起勇气继续微笑地投入工作，用自己慈母般的胸怀，为千万个孩子开创生命的道路。1992 年，吴菊芳访问广州，有 1000 多名她从前救助过的孩子，现在都六七十岁了，他们从广东各地赶到广东科学馆与他们的“母亲”重逢，他们动情地叫她“妈妈”，全场的人都激动得哭了。这是多么宝贵的真情！用权力或金钱都是换不来的。吴菊芳当高官夫人时奉行只支持国事（如募捐支援前线）、不干预政事的原则。她努力在做事之余，勤奋学习：在有了三个孩子的情况下坚持上大学，毕业于中山大学农学院；开餐馆后，参加培训班，成了调配鸡尾酒的专家；53 岁时每天学两小时英语，终于能用英语办事和交友；70 多岁学会游泳。

她认为，要自力和助人，就必须不断学习，不断提高自己的水平和能力。她以身作则影响了孩子们，孩子们从小热爱学习，立志用知识为国家、社会作贡献。他们把压岁钱捐给前方战士，他们在和别的小朋友一道吃饭时把肉让给别人，懂得谦让。

李浈教授的这部回忆录，比我预期的更丰富、更深刻，且文笔朴实而又生动，真是越读越被吸引，越读越被感动，更有许许多多闪光的亮点，令人耳目一新。作者在叙述往事中很有说服力地解答了大量的人生与世界重大课题。诸如：个人与社会的关系，个人与国家的关系，人生的真正价值，和平与战争，现实与未来，政府官员怎样用权，官员的夫人又该是怎样的角色，爱情、婚姻与家庭，子女教育，学习的目的与意义，如何面对贫穷和困难，以及对中华古老文明的认识，儒家学说的积极面与消极面，对中国和美国文化差异的看法等。书中不是用说教的方式表达观点，而是在叙述人和事的字里行间浸透着思想。我个人认为，用客观、坦诚、深刻来形容作者的陈述，是绝不为过的。我敬佩书的作者，她在一部家庭回忆录中，自始至终保持着虔诚与平和的态度，没有一丝一毫的浮躁和哗众取宠，这在当今世界上琳琅满目的出版物中，实属难得。

通过这本书，我读到李浈女士圣洁的心灵，她不但作为一位白衣天使，受国际组织的委托和中国政府、大学的邀请，不辞辛劳和艰险，近 30 年来往返于美中之间，有时一年数趟到中国贫困山村实施扶贫保健项目，而且在业余时间还要整理和撰写家庭回忆录。她为什么要辛辛苦苦写这样一本回忆录呢？当我通读了全书之后，便完全理解了：李浈女士和她父母的人生价值是一脉相承的，她要回报社会，她也有很深的中国情结，她甚至有一种历史使命感，要把父母的精神留下来，她要搭建两座桥梁：

一座是沟通过去与未来的大桥，通过记录过去，让后代为具有悠久文化的中华民族之根而永远自豪；另一座是沟通美国和中国两种差异文化的大桥，让现代文化的美国人，对一个从灾难深重中走出来，正在改革开放的道路上迈向复兴的中华民族，加深了解和理解，从而进一步建立互信、互敬、合作的良好关系，这对于促进世界更加专注于和平与发展，人类更加和谐相处，无疑是非常必要和有益处的。

总之，这部百年家史，不仅是一幅珍贵的社会历史画卷，而且是一本深入浅出的人生哲理课本，也是一笔跨越时空的文化财富。

我真诚地向读者朋友们，特别是向中国和美国的读者朋友们，热烈推崇这本书，我深信你们会像我一样，非常地喜欢它。

（本文摘自汕头大学出版社《花开梦怀》2004 年版）

圆了一个梦 /

（夏丏尊译本《爱的教育》重版后记）

广东经济出版社决定重新出版半个世纪以前曾经在我国畅销过 20 多年的世界儿童文学名著《爱的教育》，这是一件暂时还不起眼而实际非常有意义的事情。

《爱的教育》是 19 世纪下半叶意大利著名作家亚米契斯的一部不朽之作。它是以一个小学生的日记为体裁的文学读物。1886 年出版后，轰动意大利全国，被教育部门定为学生课余的必读作品。第二年，英国出了英文版。随后世界各国纷纷翻译出版，至 1904 年已有 30 多个文种的译本，再版 300 多次。1924 年，我国教育家兼翻译家夏丏尊先生通过日文版和英文版翻译了此书，书名译为《爱的教育》。漫画家丰子恺先生为本书创作了封面和插图。《爱的教育》由上海开明书店首次出版，新中国成立前连出 30 余版，盛销不衰。

这是怎样的一本书？夏丏尊先生开始是“流了泪三日夜读毕”的，

“后来在翻译或随便阅读时，还深深地感到刺激，不觉眼睛润湿”，“这不是悲哀的眼泪，乃是惭愧和感激的眼泪”。当年为书稿的清样做文字校对的章锡琛先生也在校毕感想中写道：“我在校对的时候，也流了不少次的泪”，“读了这本书，真觉得自己没有一丝一毫可以为父为师的资格”，“我希望，这书能够早一点到为子弟、为父师者的面前”。

这本书，我第一次读到它是在20世纪40年代初。那时候我还是小学生。一边读，一边惭愧与感动之泪止不住涌出眼眶。从此它就刻在我心里，几十年风吹雨打未曾磨灭。60年代我到法国留学，找到了这本书的法文版。80年代我托意大利友人捎来了意大利原文版。我曾向许多朋友提及，“《爱的教育》是我学做人的基石”。站在这块基石上，我懂得了尊师敬老，懂得了友爱谦逊、见义勇为，懂得了劳动神圣，懂得了国格、人格，懂得了热爱生活、珍惜时间等这些起码的做人道理。当然，站在这块基石上，几十年不知吃过多少苦头，但择善行之，无怨无悔。基石自然是不高的，但没有它哪有坚实的大厦？在“文革”期间，我产生了一个看法：如果一个人，连做人的起码道理都不懂，连做人的资格都不具备，他怎么可能不危害社会甚至祸国殃民呢？

今天，家长和老师们诚然都殷切期望孩子们身心健康地成长，成长为对国家、对社会，甚至对人类作出较大贡献的人才。那么，作为家长、老师，不妨扪心自问：是否在自己的脚下已经有了做人的基石？我们一年365天眼眶里流过几次惭愧之泪？是的，经济发达了，生活水平提高了，但是蓝天与碧水是不是受到了污染？等价交换甚至唯利是图的商品经济原则是不是对思想道德领域进行了侵蚀？现在的大人小孩比从前的大人小孩流的惭愧之泪是不是少了？难道这些不值得我们深思吗？所以，加强精神文明建设，提高全民族的素质，实在是一项刻不容缓的、极其重要的战略任务。我以为，请家长、老师和孩子们一道来读一读《爱的教育》，重新开掘快要干涸了的惭愧之泪的源泉，用清纯的泪水来净化我们的心灵，涤去灰尘，定会对学校及社会风气之好转，逐渐起到深远的积极影响。

重版《爱的教育》，让它重新在少年读者中春播秋收，是我们许许多多老读者久久怀抱的一个梦。如今这个梦竟然圆了！这首先得益于国家大环境的春光明媚。同时，也应该衷心感谢夏丏尊先生的长孙夏弘宁先生慷慨授权，感谢广东经济出版社的众位负责人远见卓识，这件大好事才得以办成。

当前，上海市教育界正兴起以“读《爱的教育》学做人”为主题的读书活动，并在全市中小学和幼儿园老师中普遍成立爱的教育研究会。可以预见，在华南乃至全国也会很快掀起《爱的教育》读书活动的热潮。

（本文摘自广东经济出版社《爱的教育》夏丏尊译本2004年版）

丰子恺之女丰一吟 2001 年赠画

《行者天堂》序 /

“读万卷书，行万里路”，中国之古训，是指导人生的最精辟的至理名言。

读万卷书，其益处，可谓显而易见。特别是古今中外的经典名著，堪称哺育文明人的乳汁，自然开卷有益。

而行万里路的好处，则往往只有迈开双腿的人可以体会。井底之蛙，夜郎自大，不就是自我感觉良好、自鸣得意吗？至于目空一切的现代“成功人士”一心只想“实现自我”，整日整年在都市水泥森林里追逐自己的影子，与压力、刺激、污染为伍，疏远了亲情，疏远了大自然，失去了健康，失去了轻松。于是忧郁症蔓延，躁郁症泛滥。

对此，青年探险旅行家程树民认为：“忙，既是一种借口和一种心态，也是一种对人生的态度。人生在世，我们都在社会上扮演着自己的角色，奔波劳碌，谁不忙？人生如此有限、平凡，旅程则是一种短暂的超越。我们的生活不过是一叠复印的日历，而旅程却是我们在这厚厚的日历上增加了几张充满了色彩的图画，使它变得生动、有趣，这无疑将我们的生命延长、拉阔。所以，不管生活怎么样，我们在内心的深处，要为自己保留一份超脱。”于是，他背起行囊，行囊里装满了摄影器材、帐篷、衣服用品和食品，从大都市走向遥远的高山大川。他独行西藏，策马昆仑，九进木里，七下泸沽湖。他是一个名副其实的“行者”，徒步，骑马，搭乘渡船、摩托、拖拉机、大货车……他曾在烈日下跋涉，因断水而几近昏迷，也曾断粮 40 小时；他曾露宿雪山全身冻僵，也曾因迷路而露宿狼群嗥叫的旷野；他还曾深陷沼泽地而不能自拔，又曾遭遇泥石流的凶险……然而这一切，都因神山、圣湖和纯朴民风的补偿而化成了生命的绚丽和美酒：当“前方远处，一座美丽绝伦的雪峰屹立在草原上，我顿时精神为之一振。壮观极了，圣洁极了！我实在找不出词句来形容她。面对神山，连日所受的苦痛都一扫而光。”他还写道，“旅程的艰险使生命深刻、饱满”。

他在走进木里的记述中告诉我们，“走在当年被美国探险旅行家洛克誉为‘上帝浏览的花园’里，仿佛走在画卷里面，似幻而真。一瞬间，我感到天上地下的幸福全部堆加到自己身上”。

而当他走近泸沽湖时，他发觉“真实的泸沽湖推翻了之前我见过的有关她的任何形式的图像和影像”，“她镶嵌在横断山脉和沙鲁里山脉之间，那接天连地的蔚蓝色和特有的宁静感，给我一种心灵的震撼”，“一眼望去，澄澈的湖水使人尘虑全消，回到全无挂碍的真我境界”，“傍晚，阵阵微风，在湖岸线上奏起动听的浪涛声，一声一声地抚平着现代人那焦躁的心灵”。

据程树民介绍，他和途中相遇的其他“行者”，大家都毫无例外地被藏民和纳西村民的善良所震慑和打动。“沿途经过几个村落，均受到手捧野花、纯朴的村民们的欢迎；过了金沙江，约一小时的山路，行至一个只有十户人家的村子，刚好遇上藏族的新年，好客的主人软硬兼施地把我留下”……“在泸沽湖地区，按照习俗，非本村的人都是贵客，必须到每个家族里做客”，“三十的年夜饭，农家菜摆满了桌子，外来人一律被奉为上宾，大家举杯同庆，依若的妹妹用清甜的歌声拨亮了我们心中快乐的航灯……如果说快乐在天堂，那么，这一刻胜过天堂”。

读着《行者天堂》，笔者有身临其境之感：大地和民风最朴实，火与村民最热情，水和眼神最清澈。作者在《行者天堂》里，不但记录了途中所见所闻，而且最为难得的是，他还记录了刹那间的感觉、感受和感悟。这四本图文并茂的游记，写得鲜活、清新、丰富、生动，并且不乏深刻。在这里，没有我们熟悉的那种文史知识的卖弄，不见资料的拼凑，也不见肤浅、苍白的“文学”描写。相反，用“天然去雕饰”来形容《行者天堂》，倒是十分贴切的。

最近，《中国国家地理》杂志邀请全国有关专家评出了“中国最美的地方”，评选结果表明，中国最美景观之点最集中的地方，恰好就是程树民行走的中国西南地区的川滇藏交汇处“大香格里拉”。著名的地理学家单之蔷在其《中国的美景分布》一文中写道：“中国西南地区的冰雪是亚热带和温带的冰雪。因山极高，温度降而冰雪存，在地球同纬度的地方，不是炎热沙漠就是阔叶世界，而这里却有一个冰雪世界，是与绿树并存的冰雪。”这位学者还说：“一个人如果没到这里走过，就不会知道自然有多美，中国有多美！”

程树民万里行的理念是：“走别人没有走过的路，到别人不到的地方，体会别人没有体会过的心情。”当他不止一遍寻访“大香格里拉”，迷上那里的蓝天、神山、圣湖时，不由得打心底发出了一声感慨：“人啊，真的是太需要直面大自然，去领悟那些在教科书里没有的道理。”

对于“行万里路”，笔者在几十年的人生经历中，也有切身领悟。其实，路走多了，视野就开阔了，见识就丰富了，而且人会变得谦虚起来，勇敢起来，豁达起来，心里既装得下风雨，更充满了阳光。因工作机遇，我曾在约四分之一个世纪奔波于地球五大洲的南北东西，长住、短住过 43 个国家和地区，饮过世界几大河流的乳汁，吃过皇宫的国宴和酋长家的风味餐；也穿越过撒哈拉大沙漠和东非几个国家连片的野生动物大草原；在河马、鳄鱼成群的热带雨林的河流上乘坐过独木舟；还在奥雷斯崇山峻岭里翻过车（乘坐的“菲亚特”小车从山上滚到山谷之底）。我体味到什么呢？多滋多味，却又一言难尽。至少使我觉得精神上比较富有了，懂得了世界的大和世界的小，也减少了自己的自大和自卑，特别是感悟到什么是人应该重视和追求的目标，当然不是权力和钱财，权力和钱财只能是人生中比较重要的工具，而生命的真谛应该是为创造人类真善美作出一份贡献，因为，世间唯真善美可以永恒，唯真善美是比生命更久远的东西。

所以，当我惊喜地发现了程树民的行万里路的书稿时，我便迫不及待地读了起来，分享他的快乐和感悟。读他的《行者天堂》，犹如在沙漠绿洲饮上甘泉，沁人心脾，一解身心的疲惫——那是一种真正的享受！因此而想到，应该让更多的人来分享，把它推介给广大的读者。

2007 年 2 月 6 日

《珠三角民企英雄传》后记 /

《珠三角民企英雄传》终于呱呱落地了。这是为纪念我国改革开放30周年献出的一份滚烫的心意，也是为日后源源不断的创业者大军提供借鉴经验的一部成功启示录。作为策划和主编，我由衷地感到欣慰，一种因尽了一份历史责任而油然生出的欣慰。

在酝酿和组织采写这部书的过程中，不断有朋友问我为什么想到策划一个特意为民营老板树碑立传的出版选题，而且把老板的历史地位定得如此之高。

追根溯源，这使我回想起2000年，我国入世了，我和几位经济学界人士、传媒界人士以及高校青年教授，深感国家势必要更加着力推动民营经济的发展，而在这一新的大潮中，民营经济将更需要得到引导，得到帮助，得到提升，才能实现更健康、更快速的发展。于是我们筹建了全国第一个地区性民营经济研究会。研究会的功能定位为“民企之家、政企之桥、合作平台”，倡导企业走“学习—提升—创新—发展”之路。卢瑞华老省长为研究会题了词，勉励我们“促进民营经济健康发展，献身强国富民伟大事业”。

从那时起至今，我们与民企老板经常打交道。的确，刚刚接触时，你会很快发现好多老板身上存在的种种不足，你会看到他们成天忙乱、奢侈而又吝啬，有的盲目自负，甚至缺乏诚信。但不久你又会渐渐地发现，他们客观上还是在为社会作出或大或小的贡献，而且他们有那么多令我们同情的艰辛与苦涩。这让我联想到，当年的农民不也是有这样或那样的不足吗，可在抗日战争和解放战争中，他们恰恰是那个时期的主流英雄群体。那么，在今天市场经济的历史潮流中，民企这个群体不正是我们这个时代的英雄群体之一吗？更何况，我在深入接触更多的老板之后，惊喜地发现了他们当中最优秀的分子，他们的理念、眼光、胆识、智慧、实践能力、拼搏精神，乃至对民族、对人类的强烈责任心、事业心都是超乎常人的。我确确实实被他们震撼了，感动了。于是我想，我们的前人曾为我们编写了《吕梁英雄传》《新儿女英雄传》《志愿军英雄传》和《大庆英雄传》，我们为什么不能编写一本书来反映改革开放大潮中涌现出的民企英雄儿女，尤其是在我们身边的，一大批敢于先行的珠三角民企英雄呢？对，这本书就叫《珠三角民企英雄传》！

我的想法在第一时间就得到了广东省原省长卢瑞华、《实践是检验真理的唯一标准》主要作者胡福明教授以及众多专家、领导的高度认可和支持。上海人民出版社也闻风而动，率先派出资深编辑联系出版，并在编撰过程中十分积极认真地给予我们指导，中国民营经济研究会保育钧会长、广东省工商联李阳春副主席则在百忙中提供了多种帮助。没有他们的宝贵支持和帮助，这件事很可能就会夭折，那将肯定是一个不可弥补的遗憾。

这次，由于时间所限，我们在珠三角几十万个老板中只挑选了 30 余位，选拔标准为做人做事都相当成功、在 30 年历史进程中各有代表性的一部分优秀企业人士。他们中有声名显赫的名企业，也有名不见经传的小企业，诚如古人云：山不在高，有仙则名；水不在深，有龙则灵。读者一读便知，他们也都是真英雄也。我们坚持了这样的原则："不唯财富论英雄，也不唯成败论英雄。"而在筹划和采写的过程中，我们愈是走进了民企之群，愈是觉得该采写、该入书的人还有很多，我们宛如走进了一座庞大的天文馆，一片灿烂而深邃的星空呈现在眼前，近处这几十颗大小不等的星星挺亮，可更远处还有同样耀眼的群星。

英国著名学者托·卡莱尔认为："社会就是建筑在推崇英雄的基础上的。"至于出书的意义和作用，俄罗斯伟大诗人普希金说过："人的影响短暂而微弱，书的影响则广泛而深远。"

让时间来验证我们今天的努力和付出吧。

（本文摘自上海人民出版社《珠三角民企英雄传》2008 年版）

谈新闻出版

出精品书是我们的天职 /

（在第一届广州出版研讨会上的发言）

100年来，张元济、叶圣陶、邹韬奋等我国前辈出版家相继创办了商务印书馆、三联书店等名牌出版社，出版了一大批精品书，为培育一代又一代青少年作出了杰出贡献。老一辈出版家确实是一批有志之士，他们办社出书目的很明确：为振兴中华，为造福社会，尽自己的一份天职。

我读小学的时候是在21世纪40年代初，开明书店出的《少年文库》，特别是夏丏尊先生译的《爱的教育》，给我的教育是终生难忘的，甚至是我学做人的基石，让我初步懂得人生的真谛在于追求真善美，创造真善美，做人就应当有爱他人之心、爱国之心、勤勉学习、尊重劳动等基本品性。因此，我从小就崇敬出版家、教育家，觉得他们的工作真伟大。

1996年初退出领导岗位之后，我终于可以专心致志地投入自己所热爱的编书工作了。第一年，即1996年，我策划、主编了两本书——《小平说：什么是社会主义》（漫画本）、《三巨人说》（漫画本），又推荐再版了一本书——夏丏尊译本《爱的教育》。这三本书均在1997年被读者选入第二轮“百书育英才”117种优秀青少年读物书目。三发三中，令人鼓舞。同年，前两本书还双双获得第二届广东省“五个一工程”图书奖。

虽然，这几种书还达不到精品书的高标准，但它们确实是我追求出精品书过程中的初步成果。我认为，做出版工作，就应当立志只出好书，不出平庸的书，而且要努力出精品书。为什么？

第一，出好书，出精品书，是我们的天职。今天我们处于全面振兴中华的伟大历史时期，这一使命只能由高素质的民族来完成，而我们民族今天的素质水平是远远不够的。怎么办？迫切需要我们出版工作者和教育工作者为提高民族素质作出巨大的贡献。

第二，时代生活的节奏越来越快，人们的时间越来越精贵，读者需要精品读物，越发难以忍受拉杂冗长的图书，这也要求出版工作者尽可能出精品。

第三，人生苦短，出版工作者的黄金时间能有几何，为了充分开发生命的价值，也应该把精力放在真正有价值的精品书上，而不应当虚掷光阴做一大堆平庸的书。

既然如此，为什么许多人仍把大量的时间、精力投放到出平庸的书甚至出坏书上呢？无非是利益驱动，为了多赚钱。钱是有用的，人要办事、要生活宽裕，没有钱是不行的。但钱的分量是无法与人生的价值相比的，如果二者发生矛盾，需要我们取舍时，我们应该义无反顾地选择人生的价值。

一生能出一本对民族、社会、人类大有益的精品图书，作为出版工作者，我也死而无憾了。

1997年10月7日

让伟人学说走进千家万户 /

（我国第一部用漫画演绎革命理论的通俗理论读物《小平说：什么是社会主义》诞生始末回顾）

一

“1979 年，那是一个春天，有一位老人在中国的南海边画了一个圈，神话般地崛起座座新城，奇迹般地聚起座座金山……”光阴荏苒，13 年过去了，1992 年，又是一个春天，又是这位老人，再次来到南海边，以他历史巨人的睿智与深邃，高瞻远瞩，远见卓识，与所到之地党政领导谈话，鼓励他们继续深化改革，扩大开放，抓住难得的历史机遇，加快发展经济建设，使中华民族尽早、尽快富裕起来、强盛起来。

小平同志以 88 岁的高龄不辞辛苦，南方视察，此间有个不该忽视的政治背景：改革开放政策实施 13 年来，已深入人心，社会主义现代化建设方兴未艾。然而，国际上苏联的解体、东欧的剧变以及国内“左”的思潮泛起，致使党的“一个中心，两个基本点”的基本路线受到严重干扰，国民生产总值增长变缓，甚至一度徘徊不前。

小平同志南方谈话发表后，在全国产生强烈反响，神州大地再次掀起经济建设的滚滚热潮。自己作为一名新闻出版工作者，看到国家经济蒸蒸日上的大好形势，由衷地感到邓小平建设有中国特色社会主义理论的的确确是新时期中国人民的第一法宝，是强国富民之道，是国际共产主义运动100多年、中国无产阶级革命几十年的经验、教训的结晶。因此，自己觉得应该为这一理论的普及尽一分力。不久，江泽民同志主持召开了全国宣传思想工作会议，提出学习与贯彻邓小平理论为全党和全国各族人民的首要战略任务。借此契机，我立即把出版辅助学习邓小平建设有中国特色社会主义理论的读物提上了日程安排。

二

邓小平理论博大精深，而国人的文化思想水平又参差不齐，要宣传该从哪里入手呢？我想到20世纪40年代初，青年学者艾思奇的《大众哲学》曾启发千千万万热血青年投奔革命圣地延安的往事；又联想到读台湾漫画家蔡志忠先生画的漫画系列丛书《孔子说》《老子说》与当年自己读先秦诸子百家原著的不同感觉，深感要让全国广大工农兵群众和青少年都能学懂邓小平理论，使这一惠及万众的革命理论家喻户晓、妇孺皆知，就要出版大家喜闻乐见的通俗读物。经反复思考酝酿，我决定尝试以漫画的艺术形式，来表述和演绎邓小平理论。

漫画是近代从西方国家引入我国的一个画种，它运用幽默夸张等形式表达或歌颂或批判的内容。对于我们这个被孔孟儒家学说熏陶了数千年、讲究内敛含蓄的民族来说，它似乎不大受欢迎，甚至有人还对其抱有偏见，特别受“文革”“左”倾思潮的影响，许多人一提漫画便心有余悸。

虽然近年来漫画、卡通在青少年当中很受青睐，但当我把自己的想法跟一些朋友讲出来之后，得到的几乎全是摇头否定，有的还劝我慎重行事，提醒说对于严肃的伟人理论而言，漫画可能还是禁区。“老兄千万不要轻举妄动，在广州市新闻出版局局长的位置上坐得好好的，如果为此捅出篓子，坏了以往的名声，不值得。”

被好心的朋友们泼了冷水之后，当初火热的激情确实冷却下来不少，思想也一度徘徊。然而，还有哪一种更好的形式能取而代之呢？鲁迅先生说得好，其实地上本没有路，走的人多了，也就成了路。“骨头最硬的”人给了我莫大的勇气和力量，心里也随之豁然开朗。没错，采用幽默通俗的漫画形式来阐释庄重的理论，作为一种探索，固然要有一定风险，但只要我们的出发点端正，具体操作时态度严肃，就能最大限度降低风险系数，最后即使不成功，也为后人留下可资参考的前例，有借鉴的价值；如果成功，那就开拓出政治理论宣传的一个新领域，是理论宣传界一件具有里程碑意义的大事。

三

坚定了信心，厘清了思路，我就着手筹备前期的编辑工作。万事开头难，首先物色具有较高水平的理论专家、编辑，邀请他们加入创作组；人家一时拿不定主意，我就以自己的诚意去感动对方，以自己多年来在新闻出版界的信誉去说服对方。最让我费心费力的竟是请漫画家赵先生加盟。作为内行，他认为漫画多用来讽刺社会上一些不正之风或不良现象，而用它配合政治理论的宣传，实在太难。我只好反复做思想动员工作，讲此书对普及邓小平社会主义理论的重大意义，并承诺大家帮他一起找切入点，先给他思想松绑，竭力鼓动他参与的激情。见他对书的出版前景担忧，顾虑重重，我就主动提出，只要他画出来，就以每幅 50 元的价格作为保底稿酬，如能出版则按出版后的收入补高。

人员敲定后，大家集中在一起，坐下来重新认真研读邓小平原著，对重点篇章、段落再集体讨论，讨论中大家从不同角度阐述对理论的认识，各抒己见，相互补充，深化理解。具体文字编撰时，以历史回顾为起点，以历史嘱托为终结，其间以什么不是社会主义、什么是社会主义、要建设有中国特色的社会主义、如何建设有中国特色的社会主义为主体内容，全面系统展现邓小平同志建设有中国特色社会主义理论的逻辑构架和中心思想。在这个脉络上，选取语录近 100 条，做漫画的背景；集体构思设计画面。在具体的漫画绘制过程中，要求围绕主题内容，既保持内容上的严肃性，又表现形式上的幽默性，将漫画与文字成功地融为一体。比如，我们摘选了《邓小平文选》第三卷中这么一段话：“不搞争论，是我的一个发明。不争论，是为了争取时间干。一争论就复杂了，把时间都争掉了，什么也干不成。不争论，大胆地试，大胆地闯。”根据这段文字内容，我们（主要是漫画作者）构思了这样的画面：

天空中飞来一只大雁，有两名射手，每人一支箭、一张弓，一个说：“射雁要分三个步骤。”另一个反驳道：“不，是五大要领。”就在你争我吵之际，大雁悠然地飞走了，机会无可挽回地失去了。

初稿形成后，我也没有松一口气，而是小心谨慎地广泛听取各个方面有识之士的意见。为此，我特别请教了理论界泰斗于光远老师，请他审阅文字和漫画的全稿。于老以极大的热情予以关注，对本书持肯定态度，并提出很多修订意见。对书稿的修改还有一位贡献突出的大专家，就是时任中央党校常务副校长的龚育之同志。此外，我也将书稿分送省市宣传部领导和国家、省、市社科院相关专家征求修改意见，不厌其烦，反复讨论，推敲修正。

四

十月艰辛孕育，一朝顺利分娩。当漫画本《小平说：什么是社会主义》正式出版后，立即在全国乃至世界范围产生巨大轰动。1996 年 2 月，北京人民大会堂举行隆重的首发式，全国人大常委会卢嘉锡副委员长以及中宣部出版局、国家新闻出版总署的领导出席了首发仪式。中央电视台、中央人民广播电台、《人民日报》、《羊城晚报》、中国香港《大公报》、新加坡《星岛日报》、日本《读卖新闻》、NHK 电视广播公司、美国《华盛顿邮报》、英国《每日电讯报》、BBC 广播公司等国内外重要媒体都在重要版面（时段）予以报道。《读卖新闻》、NHK 电视广播公司分别派记者专程到广州采访我。日本一家出版公司还买下了此书在日本的版权。

漫画本《小平说：什么是社会主义》首次印刷即达 30 万册，随后又在天津等地分印几十万册，全部售出。此书出版发行后，广州市总工会在市工人文化宫举办展览，展出书中的全部漫画，并在全市国有企业中以此书为学习邓小平理论的启蒙读物。不久，此书又被纳入全国优秀青少年读物书目，获得了广东省全部三项图书奖的最高奖（省优秀图书奖、省“五个一工程”奖、省图书精品奖），并在 1998 年荣获第十一届中国图书奖。最让我欣慰和意想不到的是，此书出版发行后，居然没有收到一条批评意见。朋友戏言：所有的批评意见都在怀胎时消化了，我们这是近乎完美的优生。

古人云，天下事有难易乎？为之，难者亦易矣；不为，易者亦难矣。今天，在隆重纪念世纪伟人邓小平 100 周年诞辰之际，回顾十年前策划、编辑、出版漫画本《小平说：什么是社会主义》前前后后经历的故事，仍然不胜感慨。是的，我们要做成功一件前人未做过的事，开拓一条前人未走过的路，该有多少重困难！而最不好克服的困难，最不容易逾越的障碍，往往是人们思想中看不见的陈腐观念。以微见著，伟大的无产阶级革命家邓小平同志在为中华民族设计改革开放这一亘古未有的宏伟时代画卷时，该以怎样的雄才伟略、大智大勇承受着国人的不理解，直面改革开放进程中出现的曲折坎坷啊。事实胜于雄辩，当中国的改革开放取得举世瞩目的成就，当人们开始享受着富裕文明的小康生活，谁也不该忘了，来日方长，任重道远。而自己作为一名资深新闻出版工作者，则要继续吹响艄公的号子，歌唱改革开放，歌唱民族振兴的春天，为乘风破浪、扬帆远航的中国政治经济发展之巨轮呐喊、加油、助威！

1996 年 1 月

上帝是人民，不是人民币 /

（答南京大学新闻学院同学提问）

编者按：

2010 年年初，解聘如先生应邀在南京大学进行演讲，与南大学子分享人生经历并以此劝勉在校学子们。南京大学学生校友发展中心征集了同学们感兴趣的问题，对解老进行了邮件采访。

解老您好！

您在南大仙林校区关于外交生涯的讲座吸引了很多同学！由于当天的课业安排，我没能采访到您。感到非常抱歉和遗憾！同时，也接到一些同学对您讲座的反馈，颇有意犹未尽之感。您是在新闻界非常资深的记者，同时又是驾驭外文的学者，我们在网上查到您的资料，看到您在对外工作和出版事业上都有非常杰出的成就，是我们学习的楷模！又加之，您曾经在人生问题上有过深刻的论述，同学们都很感兴趣，所以很想通过邮件的方式“采访您”，感谢您在百忙之中为我们答疑解惑！

非常感谢解老对我们工作的支持！十分抱歉占用了您宝贵的时间，

在以后的工作中我一定注意，不会让被采访者白白等待，这次真的是很大的失礼！感谢您的包容和谅解！

此致

敬礼！

南京大学学生校友发展中心

2009 年 10 月 22 日

何瑛主编：

谢谢你整理并转来新闻系同学们向我提出的问题。这些问题很中肯、很现实、很有深度，对推动我对有关问题的思考大有帮助。

现将我的粗浅认识坦陈如下，供你们参考，谬误之处，欢迎老师同学们指正。如需在你们的刊物上发表，你们可以删改并定稿，无须经我审阅。但希望随后寄给我两三份杂志。

问题一：您在南京大学求学时学到的最重要的东西是什么？它对您的人生有着怎样的意义？

回答一：我在母校学到的最重要的东西，是我们南大的学风——敦厚朴实、下笨功夫、注重打基础——这影响了我一辈子的学习与工作。比如我坚持读完了法文大字典 *LAROUSSE*；比如我每天收集和整理学习与工作中碰到的法语短语及其准确中文译文，十年累积逾万条；比如我为了熟练掌握电传（Telex）打字，从周六晚 18:30 至周日上午 9:30 连续 15 小时打完占对开两版的首脑会议各国元首演讲全文；比如我通览了扎伊尔（现刚果民主共和国）农业部独立 20 年相关文件和图书馆馆藏报刊 20 年农业的剪报，并采访了农业部官员和两个农村的相关人员，之后写成了一篇《扎伊尔努力复兴农业》的综述稿，被西方各大通讯社全文转载，等等。我甚至在被安排为驻阿尔及尔新华分社负责人后，主动提出下调两个级别，从最低的助理记者做起，为了完全掌握驻外分社的工作规律。其结果正是：基础扎实，先慢后快，达到卓越。

问题二：浪漫情怀的文学与严谨冷静的新闻之间存在差异，在您身上是如何平衡两者的“冲突”的？

回答二：我的体会是，诗人和记者都需要正义感、爱心和激情，并且也都需要在文字上锤炼功夫，区别只在于文学侧重艺术性，新闻更讲究科学性。

而我的自我描述是：浪漫主义的气质，现实主义的态度，理想主义的追求。

在新闻工作上，我努力履行客观（真实性），公正（正义性）；我坚持国家和人民利益至上；同时我也认同内外有别（对外发布新闻和写内参反映全面情况二者有别）。例如，过去我们前辈记者报道抗日，报道消息必须真实，打胜就说胜，打败就说败，收复就说收复，失守就说失守，打死打伤敌人和缴获武器多少就说多少。而写特写、通讯则应写我军民的英勇机智，侵略者的残暴和狼狈，而不能纯客观，不能中立。总之，记者既要有爱憎立场，又要尊重事实，报道要真实。但真实不是自然主义的“真实”，而是明辨是非、扬善抑恶、赞美唾丑的真实。

问题三：您当初为什么选择了新闻事业？您觉得作为学生的您和现如今的您，对于“新闻”一词的理解有什么不同？

回答三：我在南大学的专业是外语，主修法国语言文学。外语是一种工具，文学主要是一种修养。学了外语之后，或者当老师，到大学、中学当外语老师；或者当翻译，到外交部或其他单位担任口译和笔译的翻译；还有到社科院外国文学研究所做研究工作。我毕业后分配到北京新华社总社的参考编辑部做翻译兼编辑，翻译外报、外刊、外电（外国通讯社发的重要新闻），编辑供中央领导参阅的《国际参考资料》。新华社是国家通讯社，是国家消息总汇地，进了新华社，也就是入了新闻这一行。后来，我又被新华社选派到法国格勒诺布尔大学进修语言、文学，接着便在法语地区的几个国家做常驻记者、首席记者兼《人民日报》特派记者，前后整整15年，采访和访问过40多个国家和地区。其间，有机会接触中国和外国的许多首脑人物，见证过国际风云的许多历史事件。这种经历和磨炼，充实了我的见识，丰富了我的人生思考，减少了我的自卑、自大和狭隘，自然也加深了我对新闻工作的认识和体味。

回想学生时代，对“新闻”一词的理解，似乎想新闻业务、新闻写作比较多，谈不上对它的内涵的理解。现在深切地感到，新闻不但是最鲜活的历史、最现实的时代脉搏，也不仅仅是“社会学”“政治经济学”，还是最生动的“人学”。一名合格的国际新闻工作者，一名合格的驻外记者，他应该是国际问题的专家，并且应该熟悉世界历史、地理和文学，应该熟悉本国的文化、对外关系和政策，应该掌握至少一两国外语，以及操作通信工具、驾车、摄影等技能。新闻工作者还必须消息灵通，而且写作与行动都要分秒必争，文武要双全。我说的好像有点神乎其神，但事实就是如此。美国的杰克·伦敦，意大利的法拉奇，我国的范长江、萧乾，就是样板。至于不合格的混混，哪行哪业没有？“9·11”事件发生时，凤凰卫视的《时事追踪》栏目就从那次现场追踪报道起，成为品牌栏目了。

问题四：您从事新闻行业近30年，在您看来，作为新闻从业人员，应当具备哪些素质?

回答四：我觉得新闻从业人员应具备四个方面的基本素质，按我认为的重要性排列如下。第一，人品素质：正直清廉，富于社会责任感，有敬业和献身精神。第二，政治素质：忠诚于国家和人民利益，有大局观念，有较高的政治水平。第三，业务素质：熟练掌握新闻业务（包括驻外记者的外语），具备新闻敏感度，掌握各种基本技能（电脑操作、驾车、摄影等）。第四，心理素质：适应力，承受力，自制力，亲和力。

问题五：记者作为“无冕之王”“维护社会秩序的第四种力量”，有时却面临很多尴尬。有些同学因此而失去做记者的信心。您对这些同学的认识有什么看法?

回答五：“无冕之王”的桂冠非常荣耀，也非常沉重。特别是现在，社会弱势群体对媒体维护社会正义寄予不同寻常的期望。然而，正如空气和水遭到了严重污染一样，媒体和记者队伍也不可避免地受到空前的侵蚀。在一些报刊上，影视歌坛明星们的隐私和八卦新闻，天天是大标题、大版面，甚至相关新闻在头版上标题显赫。而很多真正有教育意义的重要新闻，却只有豆腐干大小的篇幅。这使我深感悲哀：我们的有些报刊为了追逐发行量，为了增加收入，就不管把我们的青少年读者、我们的国民带到哪里去。如此行为，再喊多少革命口号还有什么意义？报刊如此，记者自然就可以追逐红包，跟着领导或老板大吃大喝。更有甚者，现在出现了这样一类记者，他们“神通广大”，专门在弱势群体中的受害者和贪官污吏之间周旋，捞取暴利，他们与不良律师异曲同工，通吃原告和被告，这类“记者”无疑是队伍中的害群之马。

尽管如此，我坚信，社会总会不断进步，党和政府的最高领导团队正在下大功夫整顿风气，推进科学发展。现在的丑恶现象，只能是一段历史的曲折。有良知的正义之士，一定要坚定信念和信心，从自己做起，做一名合格的新闻工作者，勇敢而又智慧地担当起我们的社会责任。

问题六：对于当前中国新闻传媒业界的发展，您的总体看法和认识是什么？

回答六：改革开放30年，国家的各项事业蓬勃发展，新闻传媒业界同样也出现了繁荣兴旺的新局面，特别在硬件装备的科技含量、人才队伍的扩充配备、市场经营的开拓创新等方面都为我国传媒事业打下了雄厚的基础。事实上，这些年来，从整体上，我国媒体无论在奥运报道、汶川特大震灾的报道，还是在为弱势群体奔走呼号，或者揭露贪官污吏和黑恶势力等方面，都起到了使民族振奋精神、使百姓得到安慰的重要作用。存在的问题主要是从业人员队伍中的许多人，其中包括部分媒体领导。人心浮躁，在社会效益和经济效益两者之间轻重颠倒，方向迷失，风气不正。

问题七：您认为当代大学生走入社会最需要的品质是什么？应该怎样权衡理想与现实之间的落差？

回答七：同学们毕业后，要有“入世而不俗”的自觉性，学习荷花“出淤泥而不染”的品格。我们信仰的“上帝”是“人民”，而不是“人民币”！

理想是我们崇高的人生目标。人和一般动物的区别就在于人有理想，而一般动物只有本能。千里之行，始于足下。对于现实，我们要直面，不要回避；对于环境，我们必须先接受，先努力适应，然后再设法改变它，改造它。只要做人的良知不改，你报道时不失去原则，这就叫作“出淤泥而不染”，也叫作“合群而不合污”。

问题八：您对南大学子有着怎样的期望呢？

回答八：百余年来，南大的仁人志士、杰出人才，有如群星璀璨，他们的光辉榜样是我们人生的永恒课本。让我们用一生的努力为母校南大争光吧，哪怕是一点微光也好。我与同学们共勉。

至于新闻行业，年轻人干这一行是青春的最大值开发：因为它复杂、辛苦、痛苦；因为它要求文武兼备。既要能写又要能干，而且分秒必争；因为它要求消息灵通，而且必须快、准、深；因为它要求……

难怪，无论是中国还是外国，最杰出的政治家、外交家、学者、作家，早年曾是记者的，不胜枚举。

最后，我真诚地感谢同学们！祝福同学们！

（南京大学学生校友发展中心杂志部主编何瑛整理）

叁

对话

作者对人生的感悟，表达出诗歌所无法表达的思考

引子一：读《问答录》有感 /

——《聘如问答录》序

每个人都有一个人生，有的人活得充实，有的人活得空虚；有的人活得幸福，有的人活得悲惨；有的人活得轰轰烈烈，有的人活得平平淡淡。固然每个人生活的环境不同、机遇不同、道路不同，结果就不同。但一个人如何去体验人生，却是由每个人的思想修养、价值观所决定的。有的人认为荣华富贵、纸醉金迷为幸福；有的人则认为服务大众、两袖清风为幸福。人生的价值究竟是什么？读了《聘如问答录》（以下简称《问答录》）就会有一个正确的答案。

我也时常在想，每个人的生活都不相同，如何衡量人生的价值？青年人总爱说，要实现自我价值。但什么是自我价值？我想，价值总是在相互关系上产生的，自我存在是无所谓价值的。在人与人交往中，人生价值就有四种类型：第一种是利人利己的价值；第二种是只利人不利己的，就是通常说的舍己救人的；第三种是只利己不利人，就是损人利己的；第四种是既不利人也不利己的。这样分类，一目了然，第三、第四种恐怕算不得是人生价值。

我还在想，一个人的人生价值是不是还可以体现在四个正确对待上。即：正确对待自然，知道自然对人类的重要性，爱护自然，亲近自然；正确对待社会，有社会责任心，为社会作出力所能及的贡献；正确对待他人，尊重他人，尊重他人的价值观、风俗习惯，善于与人相处；正确对待自己，正确应对自己遇到的挫折或困难，不因失败而气馁，正确对待自己获得的荣誉，不为荣誉而骄傲自满、忘乎所以。

这些都是我常常在想的问题，读了《问答录》，更引发我的思考。可惜我没有聘如那样的才华，说不深刻、说不生动。《问答录》是用诗一般的语言回答了深邃的人生哲理。这里没有冗长说教，而是简洁地说出了自己对人生的感悟。他的回答，句句都那么精辟。他不是用长江大河的水来冲刷你的身体，而是用滴滴清泉清润你的心灵。我想，读者读了这本书，一定会有自己的感悟。

聘如同志要我写几句话，我也就写了上面一点感悟。

顾明远

2003 年 8 月 30 日于北京求是书屋

（顾明远，北京师范大学教育管理学院院长，中国教育学会会长）

引子二：吴阶平教授的一封信 /

聘如同志：

昨天在总医院午宴时承赠《聘如问答录》，当时周围都是第一次见面的人，又是那种颇具程式的场合，又由于我专业的束缚，过去不知道你，所以当时只是收下了书，没有来得及把注意力转到你或是书上，只是顺口道谢。下午返回中山市的路上读了书的第一部分，头脑中有许多活动。其中的一个活动就是急于要写这封信给你。做了半个世纪的医生，深知我们学习的是生物学上的人，但实际上并不存在生物学上的人。所以除了社会生活中懂得各种各样的人之外，在业务中也增加了对人的认识和理解。

暂时只能说，我一定会很快读一遍你的《聘如问答录》，并且还会再读，再想。称呼同志，是以这两个字最真实的原意上来应用的。

敬礼！

吴阶平

1995 年 7 月 28 日

（吴阶平，曾任全国人大常委会副委员长、中国医学科学院院长）

人与人生100问／节选自……。

《聘如问答录》

（一）

问：大千世界，芸芸众生，人真是太复杂了，你能对人下一个简明扼要的定义吗？

答：人？人是世界上站得最直的动物。

问：这就是说，人是最高尚的动物？

答：是的，人应该是最高尚的动物。但迄今为止，在人群里，什么动物都有。

问：那么，什么是人的本质？

答：品格，品格是人的本质。

问：你怎样判断人？

答：不凭标签，而是看他有无善意和真诚。

问：你认为人与人之间至少应做到什么？

答：相互尊重。

问：为什么有些人不尊重别人？

答：他们不懂得自尊。

问：你主张怎样做人？

答：追求而又尽责，不俗而又合群，自信而又谦逊，自力而又助人。

问：我们应该待人以诚吗？

答：对真诚者不真，那是罪过；对虚伪者赤诚，那是幼稚。

问：人与人之间的距离越近越好吗？

答：事实上，常常是身近而心远，身远而心近。

问：怎么样才算是有眼光的人？

答：能把远的拉近了看，又能把近的推远了看。

问：何谓聪明？

答：不自作聪明。

问：何谓天才？

答：滴水穿石。

问：何谓美？

答：使人愉悦，使人感动，使人升华，使人奋进。

问：何谓丑？

答：使人恶心，使人消沉，使人堕落。

问：何谓善？

答：爱心，同情心。

问：何谓恶？

答：害人之心。

问：世界上最美的是什么？

答：高尚的心灵。

问：你认为什么最可贵?

答：人格和国格。

问：你认为什么最可怕?

答：人的追求与动物的追求没有差别了。

问：你认为什么最可悲?

答：浪费人生。

（二）

问：人生是一台戏吗？

答：我宁愿把人生比作一段路程，你不能漫无目的，也不能漫不经心。

问：人生的价值如何体现？

答：社会和弱者需要你。

问：人应当怎样活着？

答：但丁在《神曲》中说得好：人不能像走兽那样活着，应该追求知识和美德。

问：那么，人生的真谛是什么？

答：追求真善美，创造真善美，享受真善美。

问：人生在世，最不能缺什么？

答：最不能缺德。

问：你认为人生有几处极其重要的十字路口？

答：童年心地的培养，少年志趣的确立，青年伴侣的选择，中年入俗而不染，老年成熟而不僵。

问：你对困难的理解？

答：困难是意志和智慧的磨刀石，是成就和成功的阶梯。

问：人怎样才能不被困难、痛苦和邪恶所压倒？

答：战胜自己的软弱。

问：当一个人突遭厄运怎么办？

答：噩梦醒来是早晨，只要自己的精神不垮，天就塌不下来。

问：乐观的基本信念是什么？

答：只要活着，就有希望；只要努力，就会成功。

问：成功之路有什么规律吗？

答：正确的选择加百折不挠的奋斗。

问：何谓幸福？

答：觉悟人生，造福他人。

问：人怎样才能获得幸福？

答：贝多芬说过，德行是通向幸福的必由之路。

问：应该怎样对待人生的酸甜苦辣咸？

答：应该以积极的心态品味人生，还要积淀自己的人生品位。

问：机遇常常属于什么样的人？

答：积极进取并且善于等待的人。

问：为什么人们会错过机遇？

答：往往是未到站就匆忙下了车。

问：你对命运的看法？

答：谋事在人，成事在天。

问：在人生的历程中，你最刻骨铭心的感悟是什么？

答：我发现，选择对人生太重要了。例如，选择人生目标，选择伴侣，选择合作者……

问：人生有满分吗？

答：人生不可能有满分。谁幻想完美，谁就会成为幻想的奴隶。

（三）

问：现在社会上似乎人心普遍浮躁，这是为什么？

答：大概是因为急功近利吧。

问：为什么人们会急功近利呢？

答：社会上物欲横流，人心里钱权堵塞。

问：这种社会现象会导致怎样的后果？

答：社会迷失，人群迷失。

问：请说说你对钱的理解。

答：钱太重了，人就轻了。

问：为什么有的人会掉进钱眼里呢？

答：人变小了，才会掉进钱眼里。

问：你认为现在什么最需要扶贫？

答：急需扶道德之贫！

问：你对权力的看法？

答：权力使正直者多做好事，使卑劣者为所欲为。

问：你认为从政的目的应该是什么？

答：报效祖国，服务人民。

问：何谓廉洁？

答：一身正气，两袖清风。

问：人怎样才能抵制诱惑呢？

答：坚守做人的准则，坚守理想和信念。

问：人都是如何被打倒的？

答：人都是被自己打倒的。

问：那么你认为办企业的宗旨应该是什么？

答：个人创业，同时造福社会，从而也体现了自己的人生价值。

问：企业经营的终极目标不是追求利润的最大化吗？

答：如果以追求利润为最高目标，无论个人或者企业，都是误入歧途，必将从损人开始，以害己告终。

问：能谈谈你的喜怒哀乐吗？

答：我为民族复兴的曙光而喜形于色；我为贪腐成灾而怒发冲冠；我为不知道感恩的社会现象而深感悲哀；与好书、好友相伴，则使我乐在其中。

问：你对高低贵贱的看法？

答：高，不等于贵；低，不等于贱。

问：对于我们今天所处的时代环境和面临的未来，我们该怎样评估和对待呢？

答：英国大文豪狄更斯有一句非常精彩、非常深刻的名言："这是个最好的时代，这是个最坏的时代；这是个充满希望的春天，这是个令人绝望的冬天；我们前面什么都有，我们前面什么也没有。"它启示我们：态度决定一切，对于眼前和未来，消极悲观还是积极面对，结果是截然不同的。

（四）

问：人世间什么力量最伟大？

答：爱，爱的力量最伟大。大爱无疆，真爱无价。

问：何谓爱？

答：爱，是给予，是奉献。

问：你如何看待天、地、人这三者？

答：天崇高为人类之父，地博大为人类之母，人应该对天地永怀感恩和敬畏之心。

问：何谓天道？

答：善有善报，恶有恶报。

问：何谓地道？

答：先有耕耘，才有收获。

问：何谓人道？

答：爱护生命，尊重人格。

问：你把家比作什么？

答：家好比港湾，一个温馨的家，无疑是洒满阳光的恬静港湾。

问：有人说婚姻是爱情的坟墓，你同意吗？

答：我的看法是：婚姻好比一片土地，可以为富于生命力的爱情开辟一座花园，也可以成为埋葬萎缩了的爱情的墓地。

问：你对离婚的看法？

答：离婚是错误婚恋造成的苦果，它可能使夫妻双方得到解脱，却难免给孩子造成创伤。

问：你对失恋的理解？

答：失恋，其实大都是值得庆幸的事情，免得双方以后长期痛苦。

问：你认为早恋的结果会是怎样的？

答：早摘的果子苦涩的多。

问：男人对女人的期望是什么？

答：为他营造一个温暖的窝。

问：女人对男人的期望是什么？

答：成为她可依靠的肩膀。

问：何谓友谊？

答：真诚相待，相助，乃至相知。

问：请问，你对文化的理解？

答：个人的品格，民族的灵魂，人类的桥梁。

问：你认为不朽的文艺作品有何共同特点？

答：深刻、创新，净化心灵甚至震撼心灵。

问：什么是艺术创作的最高境界？

答：远离功利，达到忘我。

（五）

问：你认为“综合国力”的第一要素是什么？

答：国民素质。

问：那么，良好的国民素质取决于什么？

答：取决于良好的教育。

问：你如何估量教育的意义？

答：我赞同英国大文豪萧伯纳所说：拯救人类的唯一希望在于教育。

问：你认为，老师和家长首先应该教什么？孩子们首先应该学什么？

答：陶行知先生说得好：千教万教先教做人，千学万学先学做人。

问：什么是孩子的起跑线？

答：好品行，好习惯，才是真正的人生起跑线。

问：你对家长们有何建议？

答：提高和完善自己，做合格的家长。

问：对于溺爱孩子的家长，你有何忠告？

答：请他们不要忘记一个事实：社会不会溺爱任何人的孩子。

问：溺爱孩子的第一效应是什么？

答：连婴儿都会欺负溺爱他的人。

问：管束过严的害处呢？

答：管束过严，等于拔苗助长。这样的孩子，不是悲观胆小，就是阳奉阴违。

问：家庭教育，怎样才能达到最佳效果？

答：多给孩子朗读名著，常陪孩子亲近自然。

问：情商和智商，哪个更重要？

答：情商比智商更重要。智商不足，尚能以勤补拙；情商缺失，轻则难以立足社会，重则不珍惜自己或他人的生命。

问：什么是一个人最基本的责任心？

答：对自己的生命和人生价值负责。

问：你认为少年时期最要把握的是什么？

答：健康的朋友，健康的兴趣。

问：少年阶段重点要克服哪些缺点？

答：自私、任性、懒散。

问：同学间应该竞争吗？

答：所谓同学间的竞争其实是一个误区。我们提倡与同学互助，与自己“竞争”。

问：何谓勇敢？

答：做人知错即改，做事知难而上。

问：你认为自觉人生应包含哪些要点？

答：热爱生命，热爱学习，热爱祖国。

问：你对青年人的忠告？

答：幼稚和虚度光阴，均是不可饶恕的罪过。

问：何谓高？

答：站在巨人的肩膀上。

问：何谓宽？

答：能拓乃宽，心宽路宽。

问：何谓强？

答：战胜自我，超越自我。

问：何谓大？

答：有容乃大，自尊乃大。

（六）

问：你走访过几十个国家，当你踏上陌生土地时，有何感受？

答：天涯处处有芳草。

问：那么你认为见识多的益处是什么？

答：可以减少自大和自卑。

问：应该怎样认识别人对你的好意？

答：成就你的是好意，毁灭你的往往也是好意。

问：你对拒绝的理解？

答：要拒绝，最好在开始时。

问：你对瞬间和永恒的理解？

答：漫长不等于永恒，美的瞬间却可以成为美的永恒。

问：你最喜欢什么颜色？

答：一切协调而又富于生气的颜色。如：蔚蓝的大海，碧绿的田野，鲜红的玫瑰，洁白的天鹅……

问：那么黑色，你不喜欢黑色？

答：喜欢，黑色的眼睛。

问：你最崇尚什么力量？

答：吸引力和创造力。

问：你对自己的告诫是？

答：出淤泥而不染。

问：你有遗憾吗？

答：人在一生中，总有许多错过和过错，我岂能例外。

问：现在人人都很忙，请你说说你对“忙”的理解？

答：蜜蜂忙，苍蝇也忙。

问：你是浪漫主义者吗？

答：浪漫主义的气质，现实主义的态度，理想主义的追求。

问：你最服谁管？

答：良心。

问：你最喜欢和什么样的人交朋友？

答：青年人。他们可以给我的大脑输氧。

问：你希望向过去索回什么？

答：还我蓝天，还我碧水，还我啼鸟。

问：你对生活的要求？

答：物质上过得去，精神上过得好。

问：对于社会和人类，你甘愿做什么？

答：做阳光的一缕，做清泉的一滴，做绿树的一叶。

问：你对自己的事业有所成、殊荣有所得做何感想？

答：我真切地感悟到，自己有幸得到过无数人的帮助和某些偶然的机遇，才做成了一些事。

问：作为炎黄子孙你最自豪的是什么？

答：中华民族有着无与伦比的精神财富：博大精深的文化宝藏，百折不挠的民族精神，爱好和平的优良传统。

问：你最大的梦想是什么？

答：未来的中国人，国民都是君子，领导皆为圣人。

问：你最大的幸运是什么？

答：我最大的幸运是能到这世上走一遭，能为人类创造一点美。

问：你能否想象，人去世后有什么感觉？

答：我想象，那时的“我”将无比轻松和舒坦，“我”会化作一叶轻舟，顺流而下地穿过一段不长的幽静隧道，继而洞口豁然开朗，“我”又化作一线清流，缓缓融入那晨雾如沙、曙色似玉的浩渺无垠的水面……

问：那么你愿意对100年后的人说一句话吗？

答：我要用生命刻下一句话：请永远珍惜真诚。

肆

家书

选取了18封作者给孩子们写的家书

给孩子的信

（1983.2—1987.10 节选）

家书一 /

小红、小刚：

……要多想别人对自己的好处，对人要宽宏大量。“金无足赤，人无完人”，对别人不要要求过高，否则跟谁都会合不来。李令倩、许连璧老师是你们的“辅导员”，各方面的事都可以向他们汇报，跟他们多商量。另外，郑丽霞、王东辰都是十分可靠的朋友，有事也可和他们多商量。总之，对己要多责多问，对人要谦和厚道，对事要冷静多思。你们姐弟真心团结是最重要的，有空也写写信给二孃孃、小孃孃、三舅、大舅，尽尽你们的义务。平时生活上勤快一点，环境卫生、个人卫生对培养好的生活习惯和身体健康，都是必要的。时间的节省主要在于不磨蹭、不分心。要把在学习与生活上培养好的习惯当作锻炼个人意志力来认真对待。小刚在考大学前。锻炼要坚持，音乐要少听，集中课堂内容的学习与熟练。各门功课都要下功夫，夯实基础的东西。基础牢，盖楼高。

摘录几条名人警句和谚语给你们共勉：

名人警句:

● 别林斯基 : 外表的纯洁优雅应该是内心纯洁美好的反映。

● 卢梭 : 生活本身没有任何价值，它的价值在于怎样使用它。

●莎士比亚 : 过于匆忙也同迟缓一样，会导致可悲的结果。

● 歌德 : 聪明人的特点有三：一是劝别人做的事自己在做；二是绝不去做违背自然的事；三是容忍周围人们的弱点。

●罗丹 : 不是生活里缺少美，而是我们缺少发现。

● 西塞罗 : 我喜欢青年人身上有些老年人的优点，我也喜欢老年人身上有些青年人的优点。

● 法朗士 : 最难得的勇气，是思想的勇气。

● 苏格拉底 : 人有了人格的自觉，就一定不甘于做堕落的禽兽，而品格也就必然提高。

谚语 :

●心窄世界也不宽。

●善于等待的人，总有前途。

●人靠心好，树靠根牢。

好了，就此搁笔。祝健康愉快!

爸爸聘如

1983 年 2 月 24 日

家书二 /

小红、小刚：

收到这封信时，妈妈该已经离京来扎伊尔了，这是你们锻炼独立生活的新阶段，相信你们会渐渐习惯起来，并且将会在各方面获得前所未有的提高。人是越困难，越有长进，越独立越能干，越思考越成熟，越学习越聪明，越吃苦越坚强。总之，要在各个领域下苦功夫磨炼自己，积累知识，奋勇向前。从你们现有的思想和学习基础，从你们现在的年龄，我相信你们是令人放心的。

人是要有良师益友的，李令倩老师、郑丽霞、王涤、王小青，还有其他从不同角度关心你们的亲友，都是应当尊敬和依靠的，要主动请教。

对人必须宽厚，绝不能求全责备，不管人家有多少弱点、毛病。对长辈应诚心尊重，对小孩子也应真诚爱护。真诚所至，总有一日金石为开。对人有礼友爱，至少有益于培养自己的思想境界和素养。

我的毛病和弱点也很多，以后有机会我一定当面征求你们的想法、得到你们的帮助。你们出于对我的尊重以及多多少少受到封建家长制的束缚，过去不好意思批评爸爸，这主要怪我缺乏民主作风和严于责己的自觉性。圣人尚且有过，况且我这样的凡人。我渴望我们今后再聚在一起时能有时间促膝谈心，完全平等地交谈各种想法、看法，交流思想、心得、苦恼与追求，商量各自的难题。难道一个家庭只是为了在一个屋顶下休息、喂肚子吗？人类生活应该同宇宙一样广博、丰富，应该有森林、原野、溪流、大海，有蓝天、彩霞、皓月、星斗。人与人不应该以斗为主，而应该以爱、以助为主。不应该把别人当成自己的私有财产，去束缚别人，至少我们自己要努力这样做。也许我的这些想法本身就是荒谬的，有空的话，你们把我的想法同郑丽霞、王涤、刘志琴阿姨、陈效良叔叔说说，听听他们的反应，也可以把信给他们看看，他们都是很真诚并有独到见解的人。

我觉得我们有很多相像之处，例如都爱好书。好书是人类精神宝库的组成部分，一定要尽可能地多读，当然阅读也要有轻重缓急。我很同意小刚把读一些世界文学名著的时间推迟到高考之后，高考后的暑假一要旅行，二要读书，行万里路，读万卷书，古人成才之道也，我看确有道理。

陈效良叔叔关于高考志愿的建议，值得参考。我还听一位同志说，在应用科学方面，世界各国包括中国在内，电子学前途广阔，清华大学的有关专业是国内首屈一指的，再征求征求一些内行人的意见吧，好在还有半年时间考虑。眼前是脚踏实地地牢牢掌握好数理化基础知识，消灭弱点。现代科学技术既有越分越细的一面，又有越发展越相互关联、借用的一面，更何况是打基础阶段。基础牢，楼可高，切记。

近一个月来，因出差机会，跑了几个国家，增长了一些见识。计有卢旺达、布隆迪、刚果、莫桑比克、赞比亚和肯尼亚。以肯尼亚首都内罗毕最繁华，莫桑比克首都马普托最秀丽。还参观了赞比亚与津巴布韦交界处的世界第二大瀑布——维多利亚瀑布。拍了一些彩色照，等洗印出来后带给你们见识见识。

由社长穆青同志亲自主持的非洲分社会议，从大的方面提高和统一了驻外记者的认识，明确了今后的奋斗目标，并且落实了一些措施。应该说以一次会议的作用来看，它是获得了预期的效果，取得了成功的。对我本人也颇有教育意义。今后的担子更重了，我会努力去做的，甚至要拼搏一番。

亲爱的孩子们，我想念你们，祝你们安康、进步、愉快。

爸爸聘如

1983 年 4 月 26 日　金沙萨

家书三 /

小刚：

来信均已收悉。想谈几点：

一、从你读初一开始，我一直强调两点：第一，要着力于培养良好的学习习惯，这是一辈子可以受益的；第二，要注重打基础，做人、做学问，基础最重要，基础不牢，一辈子补不上，只能华而不实，志大才疏。如果认为我这两点意见是中肯的，望刻苦地实行之。

二、失败、挫折并不可怕，可怕的是不切实吸取教训或丧失信心。吸取教训包括知道失败的原因、知道夺取胜利的办法和不畏艰苦的踏实精神。

三、记得离家前再三叮嘱的建议之一就是：集中精力准备高考，缩小课外，集中课内（预习，上课专心，复习，仔细做作业），好比打手电要聚光，你好像没听进去。

四、不是说不要博学。但只能先专深而后广博，否则只会是一知半解，而不会渊博，渊者深也。

五、道理的真懂在于行，在于苦行、恒行。行所以有为也。

六、你是有事业心的，也是真用功的，但必须时时严格要求自己，不要放松甚至放纵自己。要切忌空谈，脚踏实地，不厌平凡琐细，滴水穿石，一切为牢固基础，不为哗众取宠。下狠心，抛开其他，集中精力做基本训练。

七、要吸取在杭州的教训，那时报喜不报忧，虚的成绩，实的懒散，虚度了一部分少年时光，在品、学上均未注重基础。幸亏在初中的三年亡羊补牢，其艰辛曲折，切莫淡忘。

八、人在志，在行，在改善，在前进，而不在一时之兴，更不在迂腐。用功实实在在专心，集中精力打基础，但要注重效果，而不是拉长时间打疲劳仗。安全，休息，勤快，卫生和营养，适当锻炼。跑步是否可减少一点？以防路上车多。可做哑铃操，但也不要过分，过了分比不及还糟。

九、请把我的信给李老师，许老师，班主任，姐姐，郑、王二位等一阅。他们会鼓励和监督你的。代我和你母亲感谢、问候各位师长，也问蔡立群同学好。

十、因为是谈心，我便多说了几句，不是专为你说的，也是自我忏悔和鞭策。切实说，你现在的学习精神和基础比我 18 岁时强多了。一代强似一代，民族才有希望，世界才有进步。你说是吗？不过，我的品格、教养、谦逊精神，也许还有值得你努力追随的地方。如果是这样，那应该感谢二孃孃对我的教导。可惜我不能算作她的好学生、好弟弟。

十一、妈妈要你当心自行车安全，车应定期检查；电线破损的台灯及早把它换掉。不要因小失大，当节省则节省，该买的还是要买；早上自己烧点开水打两个蛋，花不了几分钟。

十二、脾气要改改，要加强修养，不论谁提意见，对的就乐于接受，不要只听老师和爸爸的，其他人的就不愿听。过去你有这个弱点。

上述建议仅供参考，祝健康、愉快、进步。

爸爸

1983 年 11 月 3 日

家书四 /

小红、小刚：

要过年啦，我们格外想念你们，祝你们健康、快乐。

12 月 2 日，爸爸在这里过了虚岁 50 岁生日，是在繁忙中度过的。这一天，几乎是几十年的缩影。在国外工作，担子重，精神负担重，头发白得快，这半年尤甚，连使馆天天见面的人都发觉我老多了。不过，辛劳中可得愉快之果。特别是乍得之行，虽仅仅七天七夜，但奋战始终并历经重病之险，组织上知人甘苦，不怪我“重伤下火线”，反给予体贴和鼓励，使我愧疚不安。《这里没有欢笑》一文，获总社领导好评和一些报纸欢迎，又令我略感欣慰。此文内容在我脑海中构思翻腾了数日，在病床上，清醒时以及病后回到金沙萨休养的几个日夜，一直在思考着：怎样把我在乍得所见所闻和感受表达出来？怎样把中国记者对乍得人民的深切同情倾注进去？我忽然想到了法国散文大师都德的不朽名著《最后一课》，他用一个小学生的口吻，深刻而强烈地反映了普法战争中法国人民的爱国情感，写的是多么感人啊！我没有他那个文采，况且新闻报道又比不得小说可以虚构，它只能从真人真事中沙里淘金，提炼出主题需要的材料来。最后，9 月 11 日夜间躺在床上时，“没有笑容”这个主题及围绕这个主题的材料终于在我的构思中凝成一体了，于是我跳下床来立即写了提纲。12 日晚间提笔，一口气写成了初稿。13 日上午改完，13 日晚由妈妈打成电码发回总社，14、15 日总社编发，16 日开始《人民日报》及一些省报陆续刊出，可惜还是匆匆出手，颇欠精致。回顾这一年，跑了十余地，写了 18 篇通讯稿（日常消息不算），10 条内参稿，数量有限，满意的寥寥。“少壮不努力，老大徒伤悲”，便是我如今的写照。说真的，我羡慕你们。目前我唯一聊以自慰的也就是我在工作中从不偷懒，这便是我在工作上的自我鉴定。所以我是骄傲不起来的，骄傲，是和无知、和缺乏自知之明成正比的。

……一个人不但身体应该健康，精神也必须健康。我想，热爱党、热爱人民、热爱祖国、热爱知识和工作，对前途充满信心，勤奋、正直、有教养、顾大局、不追逐名利、不庸俗和摒弃低级趣味，就是一个精神健康的人。

……由于工作忙乱，很难集中心思好好写一封信，只能想到哪儿写到哪儿，对于你们还是希望你们切实注意健康，同时努力集中精力，争取学习上踏实进步。挫折不要怕，只要端正态度，不失去信心，一个人要有严肃感、谦虚感、责任感，一切老老实实，坚持原则，不要图虚荣。方向对，走一步是一步；方向错，愈走愈歪，至少要走弯路，甚至更严重。希望你们能一直保持和我们谈心交流，长话可以短说，但主要的内容要真实地交流，不要置我们于你们情况的暗处。多个参谋，毕竟是件好事。我们的近况还算可以，工作繁重些，身体还不错。妈妈前几天也得了疟疾，好在不算凶猛，只是不大舒服，吃了奎宁药就好了。这里虽不算炎热，但蚊子比较厉害，慢慢适应吧。

先写到这里，代我们向各位关心你们的叔叔、阿姨、老师们和各位小友拜年，实在没空一一写信了。安好。

爸爸　妈妈

1983 年 12 月 6 日

家书五 /

小刚：

来信收悉，期中考试的成绩信上没有提，对于分数看得完全无所谓和看得过重都不是正确的态度。我还是这个观点，考好了，不要认为完美无缺了；考坏了，第一不要气馁，第二要找出具体弱点和学习态度及方法上的问题。回顾起来，1983 年上半年有两方面问题，一是有些好高骛远，忽略了课内基本知识的夯实、吃透；二是精力有些分散，在求“博”上花费了很多时间。写诗、写小说就是分散精力的表现之一，这该怪我未及时发现和指出。集中精力，注重基础，才是学习之道。现在端正认识，坚定信心，为时不晚。只要坚持下去，再有四个月，必取得明显成效。这是我和许多人的切身经验。不信，你试试看。学习的事就谈这些。总之，不是怪罪你，吃一堑长一智，无论如何不能影响信心和锐气，坚信“功夫不负有心人”“滴水穿石”这些至理名言。

比学习更重要的是安全和健康，切记。一个星期睡一次足觉是很有好处的。平时晚上不要超过九点半。脑子休息好了，才能事半功倍。疲劳仗只能偶尔突击性地打一打，否则就会形成恶性循环：效率低—时间拉长—疲劳—效率低。

再啰唆一句，当你学习累了，就听五分钟音乐，闭上眼睛躺一躺，或者站起来伸几个懒腰。把休息作为加油站，而不是一边听音乐一边看书做习题。一心一用，探照灯的光都是高度聚光的。

困难是培养强者的学校。压力最大时，就是快要到达新阶段的起点之时。学习的压力与实际负重有所不同之处，就是只要你顽强地坚持，它是压不坏人的。

又是一年匆匆过去了，这一年我有所成就，也有遗憾和挫折，通过反省检讨自身，从而总结经验、吸取教训、提高认识，那我就不算虚度了。我正在努力这样做。

爸爸
1984 年元旦

家书六 /

小红、小刚：

你们还真机灵，及时给这里来了信，每个月收读你们的信，放心了，高兴了，是一个月不可缺少的精神食粮。

我们是3月4日离开金沙萨的，使馆分社全体同志都到大门口送别，大使夫人、文化处负责人、办公室主任、分社全体同志都送到机场。行前扎通社社长、突驻扎使馆代办、华侨饭店老板、人民宫专家组、农具厂专家组、邻居夫妇（巴基斯坦人）等为我们饯了行。那几天完全是在愉快而又恋恋不舍的心情中紧张度过的。对于接替我们的陈为斌叔叔和刘丽文阿姨，我把里里外外各部门的人事关系、工作规律、风俗习惯等都详详细细毫无保留地做了交代，包括相关人物的姓名特点、历史与现状……凡是想到的都一一介绍。我认为，人要凭道德、真诚、学识、责任心去赢得正当的威信。

如今一些人的心灵受到污染，有的甚至上了霉，考虑问题只从一己私利出发，对人缺乏真诚，或有所保留，或设置障碍，他们不懂得人的价值、尊严，不懂得欺骗别人实际上首先就欺骗了自己的道理。给别人打埋伏、散布不利舆论，不仅是没有道德和缺乏责任心，也是对自身能力、水平的低估，是极其不自信的表现。别人在自己的基础上把工作做得更好，这不仅有利于事业的发展，对于自身也心安理得啊。虚名，没有意义。实名，尚可自豪。什么叫老实，这至少是老实态度的一种吧。

……春天来了，祝愉快进步。

爸爸

1984年3月18日

家书七 /

小红、小刚：

读了你们的来信，我们都很高兴，这高兴不同于一般收到的平安信，叫憨厚慈祥的老人眉开眼笑，它是有着更丰富的内容，不妨列举一二。第一，能谈心；第二，如实交流情况；第三，从中可以看出你们已具备许多人生基础性的品德或优点，如有自知一些弱点之明，有志向，好学；等等。

时间，或者说生命，不是停滞的。珍惜时间，脚踏实地，孜孜不倦，好学求知，才不辜负人生，不辜负国家和人民的养育和期望。

特别要提醒你们的是，一定要重视健康。一个人，无论心灵多美，知识多丰富，如果被病魔夺去了生命，那还不是白费？即使不夺去生命，也难以像健康的时候那样工作、学习。因此要注意营养，注意卫生，注意休息，不能图省事饿肚子，或啃个面包了事，连开水煮鸡蛋都嫌费事。吃东西前要洗手，认真洗，书、报、自行车把手都很脏。建议小刚买个小肥皂盒放在书包里，在食堂买馒头要用塑料袋装，夏天剩菜要放进冰箱，吃时再热透，这是谨慎的科学态度。有病或不舒服，要及时看，及时服药，拖一拖，小病会变成大病，切记。营养无非是鸡蛋、牛奶、肉、鱼、蔬菜和水果，要尽量多吃。吃饭时不准读书看报，可以听轻音乐，但做功课时不要听音乐。健康是人体机器的完好状态，不能轻易损伤。在吃的方面不要省，没有健康要钱干什么？所以说健康、知识、品德是人生最宝贵的。关于人生成才的条件，我的体会是，必须具备自信、自谦、自奋三条。自信即自信心，人不可少；自谦即自知之明和永不自满自足；自奋，是发奋图强，祖国的迫切需要，时光流逝的迫切感鞭策自己在知识的大海之滨多捡几粒贝壳。哪还有闲工夫去为几元钱、为几句闲话等日常琐事花精力、生闲气？

爸爸

1984 年 5 月 2 日

家书八 /

亲爱的小红、小刚：

……你们接到这封信的时候小刚就要高考了。参加高考，这就好比女排要上阵，具备顽强的意志力和坚韧的自信心，才能精神抖擞地去拼搏，去正常发挥，去争取胜利！所有的对手都会有些紧张，只不过有的开始紧张一下，有的则始终过度紧张。过度紧张没有必要，豁出去就是了，每分必争，咬牙拼到底。所谓每分必争，就是认真、关注，五局中不见得都顺利，最近“列宁格勒女排邀请赛”中美决赛的第三局，中国队以2∶15失利，但第四局、第五局连拿两局，记得比分都是12∶5，因而以3∶2赢得了冠军。胜不骄败不馁，才是真正的强者。

临考前身体要健康，尽量多休息。思想集中，不想成败，不想杂事儿，每天早晨可饮半杯淡盐水。入考场前十分钟上一次厕所，这也是一种准备工作。考题，若难对大家都不易，若易则要格外细心周到。作文，可先列个提纲，逻辑性会强一点，事例要生动、感人和切实，语言要丰富，但不要堆砌华丽辞藻。另外，考试时（特别是下午）涂些清凉油可提神醒脑。

小红担当起家长的职责来，不但从生活上，还要从精神上为小刚创造清洁、顺心的环境。这对我们家庭来说算是一件神圣的历史性义务。

话无须多说了，只要埋头努力向前，功夫迟早会不负苦心人的。

爸爸

1984年6月20日

家书九 /

小刚：

收到这封信时，高考该是结束了。高考是人生征途上的一次战斗。战前应认真准备，战时要忘我拼搏，战后则要休整。休整，就是要休息好，还要做一点小结。休息，首先是补足睡眠，另外可以听听音乐，参观美展，适当游泳、锻炼，和良师益友们谈谈心，此外还应做点家务劳动，买菜、做饭、洗涮、扫除等。不要懒散下来，不要放松自己。至于考试得失，小结几条经验或教训（来信谈一下），便不再多想了。怨天、尤人、吃后悔药都有害无益。人是要有志的，有志必要有精神，胜败争在先，而不计较在后，胜得起，也败得起。战前要精神抖擞，战后也要精神振作。这样的人，最终是会成功的。

暑假中休息一段之后，可能要做入学准备了。请姐姐帮你考虑一下。独立生活，将来不仅要在德才上继续下功夫，也要把自己和环境弄整洁些，精神面貌要好。

万一考试失利，没有关系，还有今后。不必考虑面子、得失。有志者事竟成，这是一条真理。而志成绝非易事，不但需下苦功，而且需有坚韧不拔的意志力。世界名人成大业者，有几人不经坎坷波折的？

有空时，帮邻居李叔叔、赵阿姨做点事，给小梅、小松讲讲学习方法，藉以培养自己关心别人的习惯和辅导别人的耐心。一切建设性的行动对人对己都是有益的。就谈到这里吧。祝健康、愉快。

爸爸

1984 年 7 月 5 日

家书十 /

小刚：

前天上午，使馆小倪带来了你被厦大计算机专业录取的喜讯。今天一早，邮差又送来了你 8 月 18 日发自北京的信。妈妈和我，还有这里各位好友，都为你高兴。厦大，是可以出人才的地方，环境好，专业好，当然，更重要的是在己为。对于你，我是了解的，是坚信你有远志的，因此也就寄予厚望。在写信的此刻，我的脑际飞来了几句小诗，赠予你，作为你离家远行，踏上新的征途之际的一件小礼：

《飞吧，我的雏鹰》

飞吧，可爱的雏鹰

飞得高，才有非凡境界

飞得远，才识无穷宇宙

飞，就是奋进

飞，就是追求

自强不息，成功就在前头

小诗一首，言情言志，表达我的热切希望。我相信，妈妈也会同意这一精神的。

去大学后，会有新鲜感。新鲜感极为宝贵，是朝气蓬勃的表现。要永远在求学和事业上保持新鲜感，才不会庸俗、懈怠，甚至消沉。

去大学后，要虔诚地求教于老师，要迷恋图书馆，要经常谛听世界科技的信息潮汐。

厦门靠大海，大海可以陶冶你的气质，启迪你的思维，磨炼你的意志，消除你的疲劳。我对海是十分喜爱的，爱得近似崇拜，此刻我的心泉涌出几句，一并赠予你：

《大海》

大海，多么迷人

那深邃而多情的眼睛

那与天同阔的胸襟

更有那永不停息的激情

这首小诗，同上面那首一样，文采平平，然而却是真情。好在短短几句，你在闲聊时，默默念两遍，或许能冲击你的思路，给你些许有益的东西。

至于到大学如何学习，我想，无非是重专心、重基础、重勤奋、重独立思考，并时时注意改进自己，积极、慎重，善于总结。在你几乎整个中学时期，我作为年长者和顾问，给你建议过的治学态度与方法，还是可供参考的。

再说一句，你也是了解的，我对你的期望，不是立足于你是我们家的私有“财富”，而是立足于你是中华民族的子孙。民族、世界、道德、真知，这些应是胸中的氧气，其他的杂念均可排出。

今后你可以独立生活、独立思考了。即使没有我这个顾问也完全可以健壮地翱翔了，我相信这一点，也祈愿如此。

如果要我如实表达我的感情的话，我确实为有你和姐姐这样的好后代而自豪，因为你们已经青出于蓝而胜于蓝了，你们已经有了较好的道德和学识教养基础，且年华正当，只要不失远志和勤奋不懈，是充满希望的，而我只能有待于“大器晚成”了。

有空时，望姐姐和你常来信，或长或短，谈谈学问谈谈心，这些信均是宝贵的精神食粮，甚至还是精神的宝藏。

妈妈和我都向你和姐姐祝贺，热烈祝贺。

祝健康、顺利。问姐姐好。

爸爸　妈妈

1984 年 8 月 25 日

家书十一 /

小刚：

你的长信，我们读了都特别高兴。品德、气质、求学之心，均有了扎实的基础。我放心了。我这里还有几位援外汉语教师及前来进修的外语学院年轻助教朋友，我让他们也看了你的信。他们认为此信情真、语真，有思想、有文采，因此也为你高兴。

今后，埋头实践，锲而不舍。永远不务虚名，但求实学。如此朝气蓬勃努力十年，努力几十年。要读点李白、苏轼的诗词。一要豪放，二要坚韧。叫作钻得进，跳得出。打基础，盖大厦，从今开始。

……

入学后，功课会紧起来的。信要短，来信时可谈一点第一次跨进大学校门，第一次看到大海，第一次……的感觉。新鲜感非常宝贵。

我还要赶写几篇东西——通讯《中国医疗队在突尼斯》、三篇内参、几份公函交给本班信使。

搁笔了。祝你健康愉快。

爸爸

1984 年 9 月 2 日匆忙写于突尼斯

家书十二 /

亲爱的小刚：

你从厦大发出的第一封信，由姐姐托吕阿姨带给了我们。对于你的精神面貌，我们感到由衷的高兴。作为一个年长者，一个顾问，我此时该向你提些什么可能是有益的建议呢？这是一个要接受生活历史检验的严肃的问题。

你在品德和学习上已打下了较坚实的基础。但行百里者半九十，更何况你在实际行程上还只是从一个小阶段到另一个小阶段，脚下的路还长着呢。在学习上，当代的中国人，或者说科学家中，钱学森是堪称楷模的人物之一，他博学专深而又极富文采，你是个后生，应像他那样把文学赋予的激情化作专心致志下苦功把数理基础打牢固的实干精神，真正地一步一个脚印地向科学高峰攀登。没有坚韧，算不上励志。志大才疏者都是说话充巨人，攻关当侏儒的半途而废者。其实，锲而不舍者，几乎无一不能有成就的。谁不浮躁，谁不虚荣，谁不畏难，谁就能成功。古今中外莫不如此。希望你发扬中学时期的长处，牢记过去走弯路的教训。学好学不好，不在一时的考分，而在有无正确的态度、习惯，还有方法。重视基础，就是好的方法。愈难愈攻，就是正确的态度。小璇过去学习成绩一塌糊涂，补考、留级，老师告状，家长失望。后来我介绍了一些引导方面的经验，你提供了一个较好的榜样，他开了窍，在老师和家长的协力帮助下，经过自己的努力，现在成了全班第一的优等生。功夫是从不会辜负苦心人的。在文与理两者之间，希望你以文促理，而绝不能因文拖理。功夫要集中下在数理上，文学只能是调剂。分量、位置摆错了，就会走弯路。摆对了，一辈子受益。博和专的关系也是这样，要以博促专，而不能以博代专。孤陋寡闻者专也难深，但知识面又代替不了攻关专深。初入大学门，把兴趣与需要的关系处理好，把专业和基础当作最大兴趣，即使开头碰上难关，也会由难转易，由逆变顺的。否则便是相反结果。以上的想法、看法供你参考，未见得有什么针对性。

我们在这里的工作始终处于忙忙碌碌之中，连安下心来认真地写一两封信，都很不易。在这里认识了几位中青年朋友，都是德才兼备的好同志，可惜没时间在信中介绍他们的情况，等以后见面时再口述吧，这些朋友学识均超过我，但都谦逊、诚恳，相处既愉快又有收益。他们在国内分别在不同高等院校文科任教，现在在这里的大学里或进修或担任汉语教学。分社的同事，大家配合相处得也很好，是一个团结的好集体。

补充一个小建议：如有可能，业余时间可考虑参加学校的某一个社团（如学乐器的文娱社团或音乐欣赏社团），现在学乐器也不算晚，吉他似乎较易。

你刚入学，写信要少用点时间，短一点。亲戚同学能暂时不写就先不写，写信是一种说话方式，不是专业课的学习，写信是说，学习是行动，说少才能干多。

我也不能多说了，就此止住。祝你健康愉快，学业进步。

爸爸

1984 年 9 月 29 日写于突尼斯

家书十三 /

小刚：

我一直处在头绪纷繁的工作中。工作不集中精力又怎能做好？所以信写得极少，除了每月给你们涂几句，其他的信几乎全无。挨骂也只好挨骂，其实亲友之间交往主要还在真诚。

对于你的学习与生活，我说的无非是老生常谈，说多了反使你印象不深。我的话不是让别人去欣赏的，而是作为参考，是一种促膝谈心，你认为对的，就付诸实践，不对的，就放在一旁。从你的信中，我有个感觉，是不是周末“业余”的活动多了些，同“书呆子”的培养方式不太符合？不要把我的话当成压力，你自己掌握。必要的活动，特别是集体活动，不能取消，只是可酌情减少。学生以学为主，人一辈子都要以学为主。学等于吃饭，甚至比吃饭更需要，也许这正是人和动物的本质区别。

人，一个新世纪的人，是必须有高超的真才实学的，否则连机器人都不如，只算一个躯壳。要高度意识到自己对祖国、对人民、对人类的责任。人要热情，对人、对事、对学问都要热情。但又要冷静，冷静是深刻的热情。

要在生活中艰苦地锻炼自己。心专意坚，滴水穿石，力争上游，步步脚印，摒虚求实。切忌华而不实，切忌分散精力。唯刻苦可得成就。青春年华，稍纵即逝。

再过两个月，我们可以见面了。可利用寒假来学习，同时与有些水平的人交谈交谈，吸收有益的见解用于自己的实践。

时间关系，不多说了。祝你健康、愉快、学业长进。

爸爸

1984 年 12 月 8 日

家书十四 /

小刚：

这些年来，大家都夸你学习自觉性高，品德也出众。自你入大学后，你确实是勤奋的，而且还有了劳动习惯。你的精神状态比较稳定，比较好。我们也为你的全面发展而高兴，甚至感到自豪。但我总有几分担心，主要还是怕你重蹈中学走弯路的覆辙，兴趣太广，铺开来，收不住，浪费精力和时间（不恰当地支配时间，把学习内容的先后颠倒，都是一种变相的浪费）。现在回想起来，如果在中学（主要在高二这一年）不分散精力，不忽略基础，你本来还可以学得更好。应该说，整个中学甚至整个大学阶段，都是打基础。没有专深，就难以有博、透。傅聪不下最大的苦功夫练钢琴的基本功，而把兴趣和精力分散，去泛读，那能成为钢琴演奏家吗？那恐怕只能成为一个什么都懂、什么都不精，只善言谈，身无绝技的空头“艺术家”。

我还是认为，忽略主题，忽略基础，是不可取的。局限于课堂内容，那是太狭隘了；不把主要精力放在课堂内容，那是另一个极端。对于考试分数，应该重视，但又不为之背包袱。试想，小学毕业考不好，进不了重点中学，你个人再努力也不如有好的老师指点；中学毕业考不好，进不了大学，你在家再努力，也是事倍功半；大学毕业考不上研究生，你又怎么能够得到名教授的指教，由此可见，考试不能轻忽，应该集中精力钻主要功课，并且要争取得100分。我有个体会，我的英语夜校课，因为我用新的归纳法学习，也就是及时整理我的课堂笔记，我就很有把握考满分。事实上，就是可以考到满分。这样的学习很扎实，如果我在这个基础上泛读和做翻译作业，不用多久，我的英文笔译水平可以超过那些学了许多年，然而基础不甚牢的大学科班出身的翻译。所以重视基础，在打基础上下苦功，围绕专业扩大知识面，才是务实而不图虚名，也才是事半功倍的求学方法。你把本该以后扩大的知识，本该以后泛读、摘抄的书报，安排在黄金时间的大学时期，是会导致新的弯路的。现在的扩大知识面，应是紧紧围绕专业。譬如学系统工程，可以把软件、硬件的有关知识都弄懂，都争取掌握。就像乐队指挥，不但要有指挥本身该具备的知识、技能、修养，而且要懂得每种乐器的特点和原理，甚至会弹奏各种乐器。如果不是这样，而是花不少精力去学美学、哲学，虽然也有益处，但毕竟轻重缓急不同。社会科学、文学的书报、讲座，从你目前的时间来看，不宜多看、多听，花时间做笔记就更费时（做笔记是好习惯，但也不一定事事做笔记，特别是目前）。还有，对介绍学习方法的书籍，也不一定看得太多，因为你现在重要的是实践学习方法。这是我的认识，不一定对，但请你认真考虑：同意，你就应实行；不同意，你就反驳。不能又认为对，又不实行。

人要有志，志则要坚定，兴趣爱好也要不碍志。如果看到书报，不论与目前急需学习的内容是否相干，就是放不下，那是缺少毅力和意志不坚的表现。你这几年记的笔记将来会很有用，但今后主要做些什么笔记，要做个调整。至于整理笔记，那是要等读完研究生、博士生，科学上有了成就以后，否则就本末倒置。学习要有长目标、短计划，不能凭灵感改变方向，那叫心血来潮。

另外，我认为你在个人修养上还应有更高的目标，例如沉着，有毅力，不急躁，不自满（哪怕是一时一事的自觉不错），等等。至少要超过父辈吧。

暑假，我建议你先到广州、韶关，然后去北京，同姐姐一道去兴化“寻根”（郑板桥、解学龙、施耐庵……）。然后去上海拜访几位长辈……生活是丰富和美好的，应该以开朗纯真的积极态度去对待它、安排它。

人应该严格要求自己，对生活、工作、学习都要持认真的态度，要有高度的责任感。在交友中，要汲取营养，而不要受消极的、世俗的影响。有些朋友同样是好心人，但也会带来消极的影响。生活中更需要诤友……

祝健康、进步、愉快！

妈妈　爸爸（执笔）

1985 年 4 月 1 日

家书十五 /

小刚：

……

我主张，人既要有高度的责任感，认认真真地学习和工作，又要热爱生活，愉愉快快地过日子。不要总为一些琐事闲话而烦恼。乐观是精神上的富有。

我已是年过半百了，人生 50 年好比炼丹炉，我虽达不到火眼金睛，但比年轻的时候毕竟成熟多了。基本上能做到心中有底、嘴上有数，头脑不僵化，行动有分寸。既对世事看得较透，又不玩世不恭；既不俗，又朝气蓬勃，在现实环境中积极追索；清高，而不离群；合群，但不逐流。令我真正愉快的是：自己的存在，对周围的人和事有益。使别人愉快，使工作顺利，自利利他。我的才智是平庸的，因此只能努力用金子做的心来弥补贡献上的微薄。我的痛苦在于，我的能量太小，且手脚被束缚着，纵然无冬无夏、废寝忘食，任劳任怨、埋头苦干，仍没有做出多少对工作、对别人有用的事。

自私狭隘的人太多，而极端自私的人往往“以小人之心度君子之腹”，他们是不相信世界上还存在不自私的人的。大概从长远来看，人类迄今还处于半愚昧的历史时期。好人也是不少的，聪明人也是不少的，世界的希望正在于此。我们立志成为好人的汪洋大海中的一滴，聪明人的灿烂星河中的一颗，成为给人类带来希望的太阳光芒之一束。所以，人生是充满意义的。我们的道德、乐观和知识就是组成其意义的分子。

我期待能有一个假期，借此机会同你、姐姐和其他志同道合的年轻朋友们，把我所感受到的，所遭遇过的，说给你们听。或许能有些值得借鉴的经验。两代人交流不但有益，而且十分必要。特别是在严肃对待人生的两代人之间。

我在工作和生活中得到很多亲友的关心和帮助，但并非人人都能理解我，往往把我的厚道当作软弱，更不懂得我的人生观里很重要的一点就是助人——即使因助人而吃苦头，也不改助人的本性。助人才是生活的愉悦和安慰之所在。

有点儿唠叨了。祝你新年好、身体好、成绩好。

爸爸

1986 年 1 月 5 日

家书十六 /

小刚：

大家都想念你，祝你身体健康，考试顺利。

你送妈妈的一套手写书签，她很喜欢，特别开心，常常拿给朋友们欣赏，还很自豪地说，“这小子对妈妈有感情”，真是喜在眉头笑在心！妈妈给你写了一封充满母爱的信，她思路流畅，书写流利，十来分钟一气呵成。她体会到儿子在精神上给予她的快乐。我为你的深挚孝心这一中国人特有的优秀品德而感到由衷的欣慰。敬老爱幼、友爱互助都是不朽的美德，它们不是社会进步的障碍，而是社会进步的推动力。

你的母亲是位伟大的贤妻良母，是家庭的主要支柱，我内心充满了对她的尊敬和感激。将来你和姐姐都会有自己的家庭，希望你们的另一半也都能孝敬她。真爱你们的人，一定会尊敬你们的母亲，否则就不是真爱，至少是爱得不深。

我即将到广州赴任。今年下半年，我要尽快打开局面，把“外办”的头绪理顺，工作搞好。面对困难，我有充分的心理准备。十几年的国外工作经验，把我练成了一个自信心很强的人，既谦虚又自信，而且困难越大干得越出色。从前在大学里，不少同学都说我在温文尔雅的外表下有着惊人的巨大潜力。记得1958年大学毕业前夕，陈宗宝曾经说我是“最典型的丑小鸭：起初不起眼，到后来蜕变成一只洁白健美的天鹅”。我是近年来才自觉到自己的潜力的，品格上、才能上的潜力。

在新的岗位上，我将继续努力……

另，你仍按计划准备托福考试吧。我是主张出国深造，学成之后回来报效祖国，这要比单纯为个人奋斗充实和有意义得多。成功之路就在脚下，但要经过不懈的努力。

祝健康顺利！

爸爸

1987年5月26日

家书十七 /

小刚：

……最近的旅途上，遇到几位年轻人，都是大学在校或毕业的年轻人，偶然交谈。他们不约而同地感慨：这火车虽然又挤又热，但因为遇见了您，听了您的一席话，胜读十年书啊。萍水相逢，从此难再见，年轻人如此过誉，我也深受感动。有一位南开经济管理系的学生，交谈中恭敬地拿出烟来敬我，我说不会。我问他，常抽烟吗？他说不多，抽着玩儿，没有瘾。我又问他家里的情况，他说父亲是教师，母亲是医生，姐姐读师院，妹妹读高中。我问他每月开支多少，他说70元。我说70元不算很多，你一定比较节俭，但爸妈供你们三个上学很不容易，要是你把烟戒了，用这笔开支增加营养，你爸妈会更高兴。我又说，其实是否戒烟也不是什么原则问题，但如果戒了，却是对意志的考验和对父母的体贴，其意义非同小可，境界会提高一大块。小伙子立即掏出烟，一把捏扁扔出了窗外，说，我从今戒烟了！我感动地说，你对如此平凡的话语动了真情，说明你的素质不一般，可想而知你的家教一定很好。临别时，小伙子说，再见了，老师！我要把今天的事告诉父母姐妹，他们不知会多高兴！ 一个人的境界不同，就会有不同的发现。旁边一位年轻的女教师说，我最近重读了朱自清的散文《背影》，忽然感到自己对父母的愧疚，也感到今日中国年轻人责任感的缺乏，他们没能在 18 岁自立，却学西方人远离父母。我现在仍住在父母身边，每月工资大部分交给妈妈，让老人从心理上感到我永远是他们的孩子。

这正是：行千里路，读万卷书。

祝健康、愉快。

爸爸

1987 年 7 月 20 日

家书十八 /

小刚：

看着火车缓缓开动，你走了，带走了我的祝福和深情，留下了珍贵的理解和记忆。短短的三天，在人类父子情的动人史册上可以当之无愧地占上一页。不是庸人之间的聚会，不是势利关系的往来，而是真善美旋律的共鸣，是心灵的汇流。

在 L 君的心里，我们一个是不同凡俗的父亲，一个是出类拔萃的儿子，他敬爱我们、信赖我们，他的心是未经污染的蓝色大海。我们应该为有这样的挚友而感到幸运，他使我们的心灵更加净化，从而站到人类文明的高处去认识事物的真谛。

有血缘关系的人们之间，心的交流与相通有时更难。而我们父子的心是相通的。这同一幅不朽的画儿，一首不朽的歌儿一样，是令人获得真正美的享受的。将来，我们自己回顾起来，后人翻阅起来，都会是格外光华四射的。可以说，我们共同加工了一颗白钻石。

爸爸

1987 年 10 月 5 日

解聘如夫妇40年前与儿女合影

伍

印象

感人至深的评论和感言

名家评论
读者感言

为有源头活水来 /

——《人与人生 100 问》是师生公认的“乡贤美文，当代《论语》”

张炳嘉

一

兴化市位于江苏省中心地带，是典型的水网地区，素称“鱼米之乡”，从 2007 年以来，一直名列全国经济发展百强县。

兴化在秦汉时期，只是一个集镇，古称“昭阳”，俗称“楚水”。五代时期（公元 920 年），建兴化县，至今已有 1000 多年的历史。

现在的兴化，总面积近 2400 平方公里，人口已达 158 万。

兴化生态状况好，它有被誉为“千垛之乡”的油菜花海，有郁郁葱葱的水上森林，但比这更好的是丰厚的文化底蕴。

从古代南宋，到清朝末年，兴化有 262 人中举，93 人中进士；1 人中了状元，3 人位居宰相；其中有勇于反腐抗倭、写下《报刘一丈书》的明代文学家宗臣，有《水浒传》作者施耐庵，有以“三绝诗书画”闻名于世的清官郑板桥，有晚清大学者、文艺理论家、教育家刘熙载……

兴化人文荟萃、名胜古迹众多，是江苏省历史文化名城。

北宋名臣范仲淹于宋仁宗天圣元年（1023 年）任兴化县知事。他主持兴修水利，开办学宫，解除民瘼，泽被后世。兴化民众永远铭记这位先贤的恩德，建了范公祠纪念他，清道光十四年（1834 年）将他任职的县衙（县丞署）改建为文正书院。

二

1926 年秋，兴化获准创建县立初级中学，校址就设在原文正书院。

楚水奔流，往事悠悠。兴化中学经过几代从教者的接力，几经变迁，砥砺前行，终于发展成为具有相当规模的省属重点中学，于 2004 年成为江苏省首批“四星级”高中。

现在的兴化中学在 1996 年初中分设（新建“板桥初级中学”）之后，数次扩容，现有高中班级 60 多个，近 4000 名学生，专任教师 330 多人，辅以现代化的教学设施，取得了高质量的教学成效，可谓盛况空前。

三

2006 年 12 月 16 日，兴化中学迎来建校 80 周年庆典。这一天，孔子高大的塑像在我校落成；中国孔子基金会副会长、原曲阜师范大学党委书记刘师范教授莅临我校，为我校被定为第一家全国中学国学教育基地授牌；学校成立孔子书院，推举我为首任书院院长。对此，我倍感荣幸，同时又惶恐不安。因为论国学，我才疏学浅，不堪大任，领导推我上阵，这是对我的勉励和鞭策，激励我带头学习，以身立教，务本明道，推己及人。

“孔子书院”这一名称如何理解？我认为“孔子”意谓从学习《论语》入手，学习国学知识，取其精华，传承光大优秀传统文化；至于“书院”，则标明采用我国传统的书院式教学模式，那就是：自主研读，相期交流，导师辅导，合作探究，求是务实，修炼身心。

四

由于《论语》某些章节已编入了中学课本，我省高中还设定了选修课，课本是《〈论语〉〈孟子〉选读》。我校“书院”便因势而化，除了给学生配置了便于自学的《论语通译》，还编印一系列助学资料，其中包括《孔子教育言论选注》、《国学书目》、《乡贤隽语》（乡贤宗臣、郑板桥、刘熙载、李详、刘韵琴、李继侗等人的名言），以利学生研修。“书院”每学期举办一两次专题讲座。班主任和语文老师要求并指导学生撰写学习心得。讲座，除了解析《论语》中某些章节，还选讲了乡贤名篇，如宗臣的《报刘一丈书》、郑板桥的《家书》、刘熙载的《持志塾言》；兼及介绍乡贤人品与业绩。这样做，意在融合古今文化与乡贤文化，以利增进学生的人文素养。

五

这里值得一提的是：近五年来每做一次讲座，我们都向与会者郑重推荐一篇乡贤美文——《人与人生100问》。师生诵读、吟咏，反响热烈，公认为这是最好的“当代《论语》”。它启智明道，言简意赅，正本清源，拓宽视野，发人深省，涵养情怀，具有满满的“正能量”。

学生章雨洁说：“读完《人与人生 100 问》，受益匪浅。今后，我知道了该如何做人做事，我明白了人生在世的使命和意义。”她写下感想，题目是《我愿此生辽阔高远》。

学生陈悠然在读后感里写道：“人应当怎样活着？作者的回答是‘要有品德、有准则地活着’。人的一生，要追求的东西太多了。强者有强者的野心，弱者有弱者的向往。这一路走走停停，最不能丢下的就是品格。人不能像走兽那样活着，应该追求知识和美德。”“若能每天问自己一个关乎人生的问题，并耐心为自己解答，这样日复一日，平淡的人生也会发光发亮。不是每个人都能成为哲学家，也不是每个人的想法都能像孔子的一样不被时光磨灭，但至少活出了一个有价值的自己，不负时光，不负人间。”

范慧妍同学说：“《人与人生 100 问》是新时代的《论语》，它字字句句敲打着我的心扉，让我领悟人的真谛，深刻认识到人生的意义。”

王佳艳同学读了《人与人生 100 问》，有感于“还我蓝天，还我碧水，还我啼鸟”，她说：“物质的力在膨胀，精神的力在萎缩。在现代商业经济的冲击下，许多人在追求利益。那种停止奔波、体悟自然的人，犹如鹤立鸡群。我们应该反思，金钱利益真的胜过蓝天碧水吗？若不是，那就请放慢脚步，让心灵回归大自然这片净土，甘做一缕阳光、一滴清泉，尽享自然的芬芳与美好。”

徐琰同学说：“古希腊人将‘认识你自己’当作最高智慧，这说明人是难以认识自己的。如何认识‘人’，《人与人生100问》把这讲得很透彻。”“我体会到，我们最应该做的就是‘认识自己’，做一个有责任心、有是非感和爱心的人，言行能让别人快乐，使社会增色。”

六

我们在印发给学生的《人与人生100问》前面加上一段对作者的简要介绍：

解聘如（1935.10— ），兴化市昭阳镇人。曾留学法国，任新华社驻外分社社长兼《人民日报》特派记者近20年，走访过40多个国家和地区，并在国外多所大学讲学。2001年当选为联合国教科文组织世界诗歌学会委员，2008年获法国政府颁发的“法国教育勋章”（又称“法兰西教育骑士勋章”）。专著多部，策划主编的书获“中国图书奖”、广东省“五个一工程”奖。部分诗作以多国文字出版。

学生见此，对解老油然而生敬意。

解老的散文《迢迢万里路 悠悠故乡情》发表于《兴化日报》，我们把这篇美文翻印给同学们鉴赏。这篇文章用诗一般的语言简述了人生经历、抒发了浓浓的乡愁和炽热的爱国情怀，展现了一个纯粹的“人”高尚的志趣、博大的胸襟。文中这样一段，不知感动了多少人。解老说：

“世界真不小，我的回乡之路何其漫长！我走过五大洲40多个国家，见证过几十年国际风云的变幻：独家采访巴解主席阿拉法特、埃塞俄比亚皇帝塞拉西、突尼斯总统布尔吉巴、法国总统德斯坦……

也曾历经艰险，一再与死神擦肩而过：在中东非洲战乱的弥漫硝烟中出生入死采集新闻；在阿尔及利亚奥雷斯山汽车自悬崖翻滚谷底而大难不死；在撒哈拉沙漠以南非洲得过恶性疟疾昏迷了七天七夜……浮云流水，地远天长，当我终于回到兴化，在“四牌楼”下伫立的时候，已是年过古稀了。仰望牌匾上‘忠诚正直’的解家祖训，我为在人生跋涉中不曾辱没祖荫祖德而感到欣慰。”

解老的远祖解学龙是明末的进士，曾任江西巡抚，官至刑部尚书，太子太保。他秉性刚烈，守正不阿，身历五朝，“三起三落”，后力助史可法抗清，因国破而投江殉难。家乡父老为他立了牌坊，此后又制了匾额，上书“忠诚正直”，高挂在“四牌楼”上，旌其硕德永昭。“四牌楼”上另有一匾额“五子济美”，由当朝皇帝御赐给解学龙之父解汝楫，以表彰他培养了五位进士儿子。

著名记者、诗人解聘如先生少小离家，老大返乡，其言行事功无愧于先人！

郑板桥说：“千古文章根肺腑。”

刘熙载说：“诗品出于人品。”

品味《迢迢万里路 悠悠故乡情》，我们明白了：解老的非凡经历、解老的价值取向是对如何看待人与人生的最佳诠释。《人与人生 100 问》是一位智者、勇者，一位新时代圣哲的肺腑之言，是对青少年一代走好人生之路的谆谆忠告。它既是哲理诗、抒情诗，又是一曲新时代的正气歌，是诗人人品的真实写照。

问渠那得清如许？为有源头活水来。

《人与人生 100 问》走进我校孔子书院，达成了“当代新《论语》”与古代《论语》等国学名著的有机链接，为学校文化建设的提质注入了清泉活水，增添了不竭的动力。我校政教处也参与了对学习活动的推进，把这篇美文印发给学生诵读、思考、践行。

感谢解老语重心长的教诲！

为建设好正实儒雅的校园文化，我们将接力奋进！

2018 年 5 月 16 日

（张炳嘉，全国第一所中学孔子书院首任院长）

2001 年世界诗歌学会成立大会代表合影

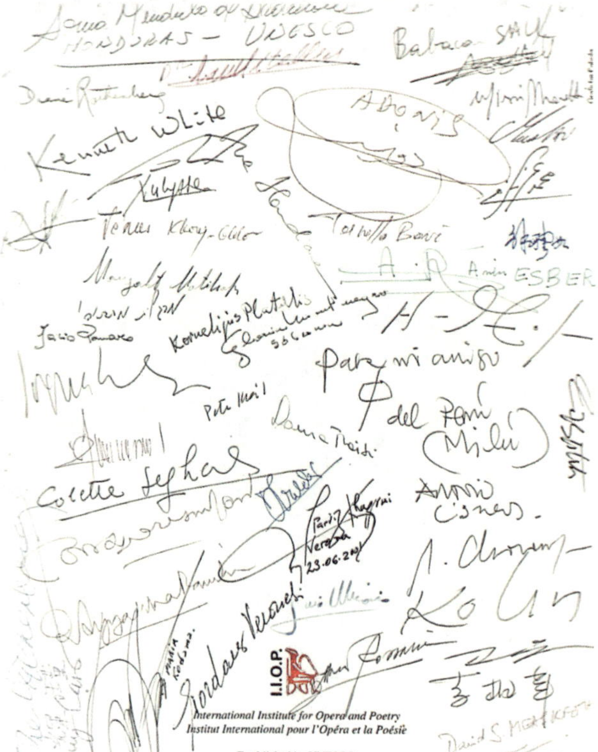

世界诗歌学会成立大会全体代表签名

美与人生的憬悟 /

岑 桑

如果没有错记，我与诗人解聘如初识于八年前。那时聘如刚结束了他为时十多年的驻外记者生涯，回到祖国从事外事工作。此后尽管接触不多，但作为朋友和同行，他留给我的印象还是深刻的：豁达、爽朗、热情、勤奋而又朝气勃勃。气质如此，诗风亦复如此。近年来，我不断从报刊上读到他的作品，每读一次，都如见其人、如闻其声；这是因为诗品与人品大都难解难分之故。当读到聘如的作品《聘如问答录》（以下简称《问答录》），并聆听了由著名演员达式常、姚锡娟朗诵的选自《问答录》的卡式录音带——《人与人生》，对聘如其人其诗的印象，就更觉鲜明和深刻了。

《问答录》并不是以诗的形式出现的作品，而是一部简短、明快的对话录，但却诗意盎然，充满了哲理色彩。这种以对话方式来抒发思想的作品并不多见，这在常为“朦胧”所困惑的我们看来，自然就有耳目一新之感了。《问答录》里，问的是诗人自己，答的也是诗人自己。没有渲染，没有矫饰，更没有忸怩作态，纯然是诗人自己明白如话的心声。那些分明深藏已久，终于喷涌自诗人襟怀之中的话语，说得如此坦率，如此真诚，如此朴实而自然，虽无雕琢，更无华彩，却使它具有了耐人寻味的魅力。可见朴素之美才是永不过时之美。这叫我想起当年由鲁迅先生最早介绍过来的珂勒惠支的版画。那一幅幅只有黑白对比、没有丹青涂抹，仅以刀刻的明快线条，表现了强烈爱憎以及温馨的人情味的画面，竟是何等的撼人心魄！它叫人相信艺术是不必依仗华彩（无论是视角的华彩还是文字的或声音的华彩）取胜的。哪怕再单纯、再朴素也罢，只要有真情实感，只要衷心地、率真地和自然地表现了高尚，表现了众多人们的正当企求和共识，那里面就能生发出力量和诞生美。

《问答录》总的主题，就是对于高尚的热切呼唤。它力求表现的，是诗人心目中的，也是众多正直的人们理所当然地认为的高尚。

问答是从“人”这个命题开始的。问曰：“人是什么？”答曰：“人是站得最直的动物。”这答案有点儿近乎调侃，其实却饱含着一种由幽默与感叹交织而成的意蕴：是的，在动物之中，双脚而立的人类无疑是站得最直的。可是，若然从伦理学而不是从动物学的角度去看呢？人，就不见得是站得最“直”的了。诗人纵然没有说得如此明白，而这一隐喻却是呼之欲出的。人，有时猥琐和卑劣得连动物也不如。诗人问道：“什么是人的本质？”回答是：“品格。” 对了，正是由于品格这一本质才是最重要的依据，以此来衡量，人，就不一定是站得直于（也就是高于）其他动物的了。这是对人类卑劣一面（或一族）多么辛辣的讽刺呀！“人是最高尚的动物吗？”诗人巧妙地回答道：“人应该是最高尚的动物。但迄今为止，在人群里，什么动物都有。”这一机智的回答，正是对上一个回答的补充。读到这里，读者们就难免要会心一笑了。

《问答录》在进行了关于“人”之本质的抽象的问答后，便把问题逐步引向人世间的许多具体问题了。那些问题是芸芸众生大都面对过和思索过的。“你认为做人的起码道德是什么？”“正直的人苦头多，你怎样看？”“不少人觉得世界不公平，你是怎样认识的？”……对这许许多多的问题，诗人都做了或则斩钉截铁，或则旁敲侧击、峰回路转的问答。那些回答也许不一定都为每一个读者所接受，然而谁也可以从中感受到那洋溢于答语之中的睿智。有好些问答是很精辟和意味深长的，如“你认为什么人最公道？”答曰：“后人。”又如“善良人在世俗者眼中的形象？”答曰：“傻瓜。”……这样的一些问答，都是阅尽人间世态而生发的思想火花，常令读者觉察到字里行间的灵光一闪，随即为之怡然或粲然了。

从人和人世间说开去，《问答录》的话题进而涉及社会政治。那许多问答都是直接切入当前的现实生活的，往往一针见血道出了本来要许多语言才能说得清楚的事情。如“你认为应以成败论英雄吗？”答曰：“很多失败者是真正的英雄。”……诸如此类的精彩问答，都是阅尽历史风涛的感怀。我们这些与诗人有过同样体验的人读来，就特别感到其真切了。

《问答录》的后半部谈爱，谈时空，谈真善美，也介绍和剖析诗人自己。关于爱，诗人既谈两性之爱，也谈亲子之爱。看来对后者是谈得更觉精到的。如谈到父爱的伟大之处，答案是“向导”；母爱的伟大之处，答案是“无所不舍，无微不至，小中见大”。至于“父爱和母爱的异同？”，诗人是这样回答的：“宏观微观都是爱。”在问及“为什么有些家长要溺爱孩子？”，诗人做了一个令人意想不到的精彩回答：“至少是忘记了一个事实：社会是不会溺爱任何人的孩子的。”在关于真、善、美的问题上，诗人也有一些令人击节赞赏的答问。如问及“你认为人与大自然谁更美？”回答是这样的：“总体美是大自然，个体美是人，最美的还是人。”尽管在人群中“什么动物都有”，而在那被称为人群的众多“动物”中，确实存在着最高尚的，也就是最善的个体。作为个体之美的人，是无与伦比的；因为只有人的感情最高尚；而高尚，就是美。在这里，诗人也许正是如此理解美的吧？难怪他说：“最美的还是人。”

《问答录》不是生活指南，不是修养辅导。它是一位诗人在漫长的人生路上踽踽而行，一路上深思熟虑的憬悟。那是星星点点的关于爱与人生的情怀实录，本不是诗；而诗人的如火热情却把它诗化了。那里面不能字字珠玑，也不能说每一个问答都准确无误了。若然责备求全，有的地方本来还可以说得更准确些；问题的提出更有现实意义些（如关于社会政治的那部分）。有的还可以删去，使整部作品变得更为精粹。看来作者在将这部作品经过取舍转为有声读物时，已大致如此处理过了，因此作为有声读物的《人与人生》，也就更觉优美动人。达式常和姚锡娟的朗诵，融入了自己的理解，注进了自己的深情，可谓声情并茂，使得这部作品更具有魅力了。

（本文摘自《广州日报》1995 年 1 月 11 日）

（岑桑，作家、编辑，曾任广州文化出版社编辑部副主任，广东人民出版社社长兼总编辑，中国作家协会广东分会副主席）

2010 年与野曼（右一）、岑桑（右二）、谭子艺（左三）等在度假村相聚

以真诚面对世界

——试论聘如诗集的美学观

司徒杰

文学必须面对人生。那些回避人生，或者粉饰人生的作品，尽管可以辉煌一时，引来掮客与执杖者的推崇，但终将昙花一现，零落成泥碾作尘，为读者所遗忘。当然，那面对人生的文学，亦有大小之分，拘谨于生活的一隅，无法做理性的升腾，便为所谓的“小器”者；只有纵览人生而又俯瞰人生，试图在终极意义上回答人生问题，方可能是文学中的黄钟大吕，经岁月的侵蚀而不腐。以上的话，是我通读了聘如的诗集之后首先想到的。

聘如是我市的一位著名中年诗人。中年本身就是一首深沉的诗，这对于自幼便“以诗为魂”、足迹曾遍及五大洲的聘如来说更是如此。济慈、别林斯基等都曾说过，在人生的第二阶段中，人的“无思”境界业已打破。所能感觉到的世界是“分裂的，不和谐的”，这里包括了自然与文化、美学与伦理、理想与现实、现代与传统、个体要求与群体规范、感性冲动与理性制衡等一连串的矛盾冲突，“有思”的境界因之而诞生。人于此等境界，常有两种价值不同的取向，或消极厌世，或以积极的心态去调解分裂与冲突。聘如选择的是后者，他赖以调解分裂与冲突的武器是：真诚。

真诚，这在聘如的诗创作中显然不仅是一个美学观念，而更重要的是一个人格观念。在那篇以格言诗的形式写就的《聘如问答录》（以下简称《问答录》）中，诗人开章明义，指出了世界上最重要的“物质”——人，存在着巨大的差异性与矛盾性，而消除人与人之间的隔阂，唯凭理解与真诚。继而，又把“真诚”作为一条思想红线，贯穿于他对善恶观、悲欢感，以及对友谊、爱情、艺术等基本看法的表达当中，令人读来益智移情。聘如的“真诚”观念是有着丰富的人生内容的，这主要的还不是表现在他游历广、阅世深，在人生经验上有多方面的阐发；而表现在他所阐述的人生经验当中，既保留着中国传统文人的儒雅与狷介，又敏感地追随着时代，在思想上接受着八面来风的沐浴，尤其是其间还磅磅礴礴地升腾着一种充满人道精神的天地正气；因之而能教人于浊世而不媚，于盛世而不奢，遇逆境而能顽强，遇顺境而知不足，纯纯粹粹地展现着人的本色。聘如所倡导的真诚，主要的是一首炳炳烺烺的人格诗。

真诚作为一项重要的美学内容，在聘如这一代中年诗人中是具有特殊意义的。从严格的理论上说，我们可以说任何一件足以成为艺术品的东西都是真、善、美的合一；而实际上，诗人与艺术家在不同时代、不同的历史时期会有不同的强调——在文学史上，或强调美就是真，或强调善就是美，或强调真就是美等观点均屡见不鲜。在以往较长的一段历史时期里，由于某种政治需要，我们的文学总是强调以善为美的。尽管文学理论中有“源于生活，高于生活”的说法，实际突出的是“高于”一字，其结果导致了文学所创造的世界与现实世界的彻底分裂，“假、大、空”文学泛滥成灾。中年一辈的诗人，庶几都经历过那种“以善为美”的文学历程。新时期的曙光降临以后，为了对此前的“假、大、空”文学进行反拨，不少诗人在理论上举起了“以真为美”的旗帜；而在实践中，中年一辈诗人要摆脱过去的阴影，改变此前创作的心理动力定型系统，依然步履维艰。窃以为像聘如这样的无论是在理论上或是实践上都把“真”推到某种极致（“唯真诚可以永恒”），并执着于以“真”去融解文学世界与现实世界的分裂的中年诗人，并不占绝大多数，尤其是在惯于继承的岭南诗坛。因之，我们在阅读聘如的诗集的时候，便能感到一种奇异的冲击力。

真如同美一样是一种主客观的统一，在外表现为诗人与艺术家对事物的客观真实性的追求；在内则表现为诗人与艺术家面对世界的那份真诚。各种文学体裁由于自身的特殊性，对真的要求微有不同；主情的诗与其他文体相比，在真的要求上更强调内在的真诚。聘如正是通过诗这种特殊的体裁形式以真诚面对世界的，并在融解文学世界与现实世界的分裂的同时化解着现实世界中的诸种不和谐乃至分裂。在《世界的构成》一诗中，诗人对构成世界的一种严重对立——光明与黑暗进行哲理的生发：尽管黑暗令人讨厌，但没有它，“美就缺了深度和力感”，“光明将苍白得无人稀罕”。在这里，世界的严重对立与分裂在作者的真诚烛照下稀释了，字里行间洋溢着的是一种辩证法的伟力与豪迈的进取精神。在《男人和女人》一诗中，诗人又对构成世界的另一种对立——男人与女人进行哲理生发：尽管人与人之间“天差地别”，但一个男人可以和某个特定的女人“合成”；只要耐心地寻找“你的另一半”，对立的世界便可以成为“一个浑圆体”。而在《太阳和水》一诗中，诗人则对伟大与渺小、傲视与求助等对立关系进行形象而又辩证的阐释，旨在把人与人之间因某种条件造成的相互轻视与敌意消解。在我读过的许多中年诗人的诗集中，像聘如这样善于抓住事物的矛盾性来阐发哲理的并不多见。

聘如诗集中的诗作可以分为两大类。一类是直接抒写人生经验的哲理诗。这类诗的主题与前述的篇什《问答录》的主题大致相同——均系着眼于人生诸方面的哲理的表达；而艺术手法的运用则有相异之处——即主要的不是采用议论的方式而是采用形象的方式进行抒写，让理附丽于象，以构成古人所说的“理趣”。在这其中，诗人较多的是用拟喻手法来构思，化物象为意象，从中透现理趣，例如《落叶》等诗（《落叶》一诗曾载《广州文艺》1992 年第四期）。此外，抓住某一情景或细节来起兴，在行云流水般的抒写当中透现人生哲理，也是聘如常用的手法。如《花儿凋谢了》一诗：

花儿凋谢了
像泪一样地洒落
不要因为凋谢
就觉得开花没意思
曾经有过鲜花
一生就不再空虚
结局也许重要
但毕竟不是一切

这首诗对景物和哲理的抒写都是相当明快、简洁的：开篇两句对落花进行描述，是为起兴；三、四句做一判断，随上句的“泪一样地洒落”而生发，肌理缜密；五、六句为前两句的判断溯原因，道的仍是鲜花；末二句笔锋一转，作哲理升华，振起了全篇，是诗“眼”，也是诗的警策，给人以深刻的人生启迪。

诗集《永恒》中的另一类诗是记录游踪的写景诗。在这类诗中，仍有相当一部分重在人生哲理的生发，写景不过是言理的契机，如《金字塔的启示》《卢梭岛上》等篇。也有一部分纯粹是感触大自然的美而做的灵动的描绘，如《绿色的梦》《莱蒙湖的黄昏》等篇。这部分诗往往能捕捉住景物的神韵来进行抒写，构思巧妙，取象精美，用笔简明，具有较高的审美价值；而就其内在精神来说，乃系一种超越尘世分裂后的天人合一的和谐，细细品味，同样能给人以某种人生启迪。

以真为美的美学观在聘如的诗集中鲜明地体现着，它反映了诗人在走过一段坎坷以后的美学思想的蜕变，也从小小的一隅反映了新时期文学的一个颇为明确的美学特色。也许到目前为止，我们还不能对这种美学观做最后的科学鉴定，但至少有这么一点是可以肯定的：它产生于我们这个生机勃勃的开放时代，同时也丰富着我们这个时代，并且至目前为止仍对非本义的文学（非“人学”）产生着强烈的针对性。我的意思是说，在这种美学观念统领下的文学，不仅曾对新时期以前的“假、大、空”文学进行了旗帜鲜明的反拨，而且也是对在商品经济大潮冲击下应运而生的应景、闲适、游戏之作（包括相当一部分通俗文学、流行诗）的一种分庭对抗。聘如在诗集的跋中说：“不求暂时的流行，没有应景涂抹的作品，我是用我紧握的烛火去陪伴那些崇高的灵魂的孤寂，让它们欣慰：这世上还有崇高的星空、美丽的流云、不死的鸟和永恒的爱。”我相信斯言对每一个在广州市诗坛上爬格子的人来说，都会有一定的启迪。

（本文摘自《广州文艺》1992年5月）

（司徒杰，作家，曾任《广州文艺》杂志副主编，广东省写作学会文学评论委员会委员）

似水的醇酿 /

晴　沙

聘如的诗初读似一杯清水，但细尝却如浓烈的高粱醇酿。

展现于作者笔端的都是一些普普通通的事物，一些日常所见的情节，句子并不新奇，字眼也不深奥，但是，只要你仔细咀嚼一下，却总可以获得一些自己想说而还没有说出来的语言，一些意想不到的启迪，一些在事物的里层经过发掘得出的光点。

在平淡中寓哲理，正是聘如的诗令人喜爱之处。

一个作家是用形象思维和逻辑思维两者来进行创作的。但是聘如的诗之所以隽永，在于他进行形象思维的同时把逻辑思维提到自觉思维的高度。因此他所描画的形象便具有启发性、诱导性，甚至震撼读者心灵的力量。

他的《聘如问答录》是在如潮的提问中的即兴之作，然而引起很大的反响，原因正在于作者答到了让人思索的点子上，引起读者的共鸣，所以被誉为“心血点燃的火把”。“心血”实在是思之以深之故。

例如，“问：您认为做人的起码道德是什么？答：不当犹大，不当污水。” 这两个“不当”，深就深在概括了人生之路上许多不幸的遭遇，是作者从众多的形象之中升华出来的，是理智驾驭的形象，是哲理赋予的形象。

例如，“问：您认为怎样才是有眼光的人？答：能把远的拉近了看，又能把近的推远了看。”这“远”和“近”的易位就含蓄着丰富的哲理，而且恰好是一些人把事物、问题看走了样的症结所在。因此它不但引人深思，也给人以指引。

例如，“问：你觉得，对一般人来说，什么是完美的，什么是珍贵的？答：没有达到的，人们往往以为是完美的；而那失却了的，人们才感到珍贵。”这“没有达到”和“失却”不仅仅确是存在的事实，而且是作者刻画的一则寓言。它留给读者无穷的回味和反思，鼓舞和告诫。让你不但致力于“达到”，而且要紧紧地攥住，不让它“失却”。

《聘如问答录》里可供咀嚼的东西还有很多，实在不胜枚举。既问得好，也答得妙，而妙就妙在让你回味、深思，进一步去发掘。

聘如的诗显然还有优点，但我以为，其淡如水与其浓如醇酒是其中最大的优点。作品让人读一遍，说“不错嘛！”，这并不太难。难就难在读它几遍仍然余味无穷，才是最难的啊！

《聘如诗选》法文版序

穆斯塔法·法尔西

本书作者既没有发明火药，也没有发明指南针；他既不是孔夫子那样的圣人，也不是形而上学的玄学家。他是诗人，一个热爱世界却眷恋华夏乡土的诗人。他不写炫耀才华的虚浮作品，也不向读者扔去一串串口号，而是给读者一种对事物的顿悟。

这本诗集里的诗是值得一读的。那一行行诗句将生活的愉悦传递给读者，令读者感同身受，因为作者正是一位感受多于感想的诗人。他如同一位兢兢业业的匠人，善于捕捉形象，并赋予其深邃的含义。他感兴趣的是看得见、摸得着的世界。他视为幸福的是：向别人敞开自己的心扉。在诗中，他无意铺陈笔墨，绝不矫揉造作，既不使用冷僻晦涩的字眼，也不做文字游戏，他的创作诚可谓天然去雕饰。

聘如是我的朋友，他的诗直抒胸臆，明快流畅，使我在尘世的纷乱中发现了一种难能可贵的品格，那样晶莹剔透，高度和谐。可以说，他的诗赞美了纯真美好的事物，揭示了人生的真谛，展现了作者的秉性，言近而旨远。

聘如温文尔雅，他有理想的追求，却又不忘人生的责任。写作既是他的天职，也是他的执着追求和深沉志趣。而他的志趣就在于不俗。他的审美观与其说是选择什么，不如说是摒弃什么。在他奉献给读者的这些诗篇里，他摒弃了城市的喧嚣和污染，摒弃了一切使人窒息、吞噬人生的东西。他是一个永远达观的人。我要向中国读者及其他世界各国读者介绍的，正是这样一位聘如，况且他本人也认为，诗是属于全世界的。

（作者曾为突尼斯作协秘书长、亚非作协副主席）

谈聘如的诗 /

阿·迈萨乌迪

解聘如先生，既是一位职业记者，又是一位诗人。

在他那神奇祖国古典文化的熏陶下，他的诗作保持了远东诗歌的异彩。他那像春蚕吐丝编织起来的诗句，以其朴实无华、含义深邃和表达准确而令人赞叹。

通过对具体事物的赞美来抒发崇高的情感，是远东诗歌的传统表现手法。这也正是聘如作品的特色。

中国的传统诗歌，往往以对悠悠天地的慨叹与惆怅，来抒发诗人对人世的某种透视。聘如忠于祖国的诗歌传统，他的诗作既表现了诗人的超凡自制力，又是那样诗意盎然，宛如一树绢丝，轻盈而隽永。

总之，聘如的诗，是诗短而意境深远。本诗集可使读者管中窥豹，了解这位不同凡响的诗人的人品与诗品。

（作者为突尼斯诗人）

读聘如的诗 /

哈乌夫·利马姆

这部诗集的作者解聘如，以他的诗作，使我们结识了他这位诚挚、富于哲理的真正诗人。

打开书，诵读其中的诗句，读者必定会顿时发现中国诗歌的博大精深。中国诗歌内涵深刻，纯朴而形象浪漫，悦耳动听，像一眼源源不断的泉水，反映出这个伟大国家人民深挚而善良的内心世界。

诗人在诗集中赤诚地倾诉着他的一腔情愫。他用对我们突尼斯的热爱，书写了明快和令人陶醉的诗歌形象，令读者不能不为之倾倒。

倘若聘如的诗不能一下子为很多读者所认识，那是因为我们现在越来越远离甘美纯真的东方文化，而热衷于另一些怪诞、难懂，甚至精神变态的表达形式。

（作者为突尼斯诗人）

突尼斯朋友的祝贺 /

巴尔杜国家博物馆馆长、历史学家努尔丁夫人 3 月 6 日（星期四）打电话表示祝贺说：“热烈祝贺您的诗集出版！我一口气读完，非常受感动。多少年没有读过这么好的诗作了。您的诗充满新鲜气息，思想极深沉，不俗，品格很高。通过诗，我们更了解您了，更敬重您了，您一定能获得巨大的成功。”

联合国教科文组织聘请的突尼斯摄影家雅克先生来电话表示祝贺说：“您的诗确实好。像您本人一样朴实、深情、品格高。书的印刷也非常漂亮。我为有您这样有德有才的真诚朋友而自豪。”

突尼斯大学社会学教授、前社会事务部部长达哈维先生表示祝贺说：“您的诗太好了，有独特的风格。看得透彻，表达得深刻，语言干净流畅。《墓志铭》写的就是我！我一定把这本诗集译成阿拉伯文出版，向东阿拉伯国家介绍。”

唯真诚可以永恒 /
——聘如新作《永恒》序

峻 青

聘如诗集出版在即，邀我代序，诚是十分高兴的事。读者能有机会了解一下这位漫游四海、观察敏锐、思索深刻、感情真挚的诗人的作品，将会很有裨益。

聘如曾是位职业记者，也是位自幼爱诗并以诗为魂的人。他的《聘如问答录》在海外享有甚大的影响，在这部蕴含着人生哲理，闪烁着智慧火花的作品中，诗人那种对人生、对信念、对理想的灼见及追求，体现了作者非凡的爱心，正直独立的人格，感人至深。他的诗也无疑是和作者在《聘如问答录》中所阐明的立场紧密相连的。诗人在对诗的追索中不断发现新的事物，诗人爱人，歌咏人生之美；他反对将个性与标新立异划一，并同时将自己严肃的独立思考建立在对诗和为人的真诚之上。诗人将自己比拟为“一个背十字架的人，一支两头点燃的蜡烛”，可见他在纷繁的社会生活中是一个多么真诚和值得信赖的人。中国人历来强调诗品和人品之不可分，聘如应是两者具备的。

和一切有造诣的诗歌那样，聘如的诗也有自己的源流。所谓源者，乃是指诗人所处的环境对形成其创意的影响，流则是指作品对传统的继承性。我们读聘如的诗，那充满异国情调和思乡的歌声，那漫吟于四海的韵步，会给我们带来一种多姿多彩的浪漫感受，而那质朴典雅的诗句，则作为一种真正精神的体现，给人留下了深刻的印象。如果顺乎其然地讨论一下关于诗及其形式的问题，聘如的诗未曾不可为我们提供一点有益的佐证。

纯朴、清新、自然、深沉。这八个字既可归纳为聘如诗的特点，似乎亦可算是一个诗的有待追求的宗旨。近年来，文艺开放，海外一些“新”诗歌陆续被介绍到国内，给人以色彩纷呈的感觉。我涉猎了一些作品，好坏难以评论，但就个人感受来谈，一些繁复、冗长的词句，一些复杂互悖的意象，再加上刻意标榜的形式以及表意不清的语言，似乎正以其含糊不清为标榜乃至成了时尚，国内有些青年，出于对诗的爱好，也大有仿效之作。

其实所谓新诗也好，古诗也好，真正优秀的作品没有一首不是以其有所创新而传世的，在这个意义上，诗自然应该是新的，并且是崭新的。倘若仅仅认为一种古怪到闻所未闻的形式，一种模糊到不知所云的意念，一种轻薄到游戏的创作态度，便是新诗的特点，那未免太幼稚了。一首好诗，必须要求它每一个描述都是为了要在读者心中产生诗人所要求产生的那种感情。诗人心诚，读者心诚，诗由是而成。

聘如的诗亲切流畅，颇切合中国人的返璞归真的说法。我想，脱胎于自然天成和斧凿雕饰的艺术在风格和内在精神上都是迥异的，这返璞归真具有经历了某种过程之后重新回到起始点的暗示，它表明这新的起始点乃是步入新境界的入口。

读聘如的诗深为其浑然天成的韵味所感染，作者十分自然地继承了我国古代诗歌的优秀传统，意境淡泊而幽远，娓娓道来，不事铺陈。“情到浓时情转薄”，诗人风格如此，交友处世亦相仿佛，深沉而不思炫露，严谨而不失洒脱，殷殷如血，赤子之心可触。

有着一颗如此淳朴的真诚的心，再加上从长期记者生涯中所获得的异常丰富的人生阅历和敏锐观察、深沉思考，我相信，在未来的岁月里，聘如一定还会有更多更好的作品奉献给读者。

我祝愿，我期望。

（峻青，作家、画家，曾任中国作家协会理事，上海作家协会副主席，《文学报》主编）

无遮月落惹乡愁

——读《迢迢万里路 悠悠故乡情》有感

周旭东（三瓯客）

父训：童年在哪儿，哪里就是你的故乡。

近来一直被解聘如老先生的一篇叫作《迢迢万里路 悠悠故乡情》的配乐朗诵散文感动着。一有空就听，一听就落泪，一落泪就想写点儿什么。可就是还找不到冲动和理性中间的那份冷静。

是夜，节令小寒。从化竟落雨。夜雨蓬窗，见冷雨忽遮月；冷月附流风；冷风且催云；冷云御月归。天，时时变化。我最爱在寂寞的雨夜，独坐于后院“听雨阁”静饮清茶。

橄榄炭把潮州红泥小炉生着。印度楼花小烟囱拔出火苗，用西关天程苏广伟的手打铜壶煮了帽峰山的泉水。湖里下了一撮福鼎孔家的白茶老黄片……候汤之余，一不小心却碰洒了我的“一壶”乡愁。那壶是祖上留下的一把细瓷笋形执壶。父亲总是拿它来温酒，可能上面明明写着“寒夜客来茶当酒”，壶的另一面纤纤细笔却描绘着“竹林七贤”，那图里面确实有人在喝酒。这也是我幼年时与父亲常争论的话题之一。自从我入了军旅，父亲便很少舍得用，他说，等我还乡成了家就给我。不想 1976 年唐山大地震，天未灭周，可那壶殁了。这也成了我无法释怀的乡愁。

重阳节后，被新成立的广东省朗诵协会聘为茶文化顾问。有幸得到八旬高龄的名誉会长解聘如先生赐予《行走世界 感悟人生》的配乐朗诵光碟。《迢迢石里路 悠悠故乡情》那篇美文是我的挚爱，其“寂寞”的“乡愁”紧抱着“帮船”上的“篙桨”，在五大洲搅动着“思乡的潮水”，几十个年头“扯着妈妈的衣角不放”，“白了头发却怀着依旧的童心”，“眷恋故土”上的“四牌楼”及“烧饼大的庄子”和“油条长的巷子”。字字珠玑，曾不止一次完全彻底地揉碎过——我 20 年铁打营盘磨砺出的心肠。

解老早年留学法国，攻读文学。后从事外交工作，行走 40 余国，阅尽风云变幻、荣辱兴衰，出版了中、法、英、阿拉伯文诗集，曾荣获法国政府颁发的“法国教育勋章”（又称“法兰西教育骑士勋章”），出席了世界诗歌学会成立大会。尤以 1986 年在突尼斯大学文学院与青年大学生互动中诞生的《聘如问答录》流传甚广。曾以多种手抄本形式于坊间、泮塘、东序、西胶传唱。《礼记·中庸》说：序爵，所以辨贵贱也。解老出身名门望族，早年求学路上行囊里揣着祖德宗训。至八十高龄携夫人子女回到故乡江苏兴化，意外地见到故园牌坊——四牌楼亭。或许是因了郑板桥故乡的缘故，于历史风貌留存若凤毛麟角的当下，四牌楼亭牌坊匾额上竟还有当朝圣皇敕建、表彰解家祖上的“忠诚正直”四个大字。

兴化确有文化，何忧不兴不升？那些毁庙忘祖之辈何颜再见祖先？！过去这些年，也有借“三旧改造”“棚户区改造”之名，行既得利益之实。

野蛮毁祠灭迹，津梁断绝，“补偿无罪”“拆错有理”。堂皇地将祖荫祖德彻底沦陷，令伏羲、神农的“王道正直”，东序西胶的“师授含嚼”一无“归乡”之路。幸有年底中央城镇化工作会议适时发声：要尊重自然；延续城市历史文脉；注意保留乡村；注意保留村庄原始风貌。很多媒体以“记住乡愁”为标题载于头条位置。嗟乎！怎一个“乡愁”了得？！

农耕民族的乡愁是天地祖先；乡愁是有父躬耕在园，是有母缝补在堂；乡愁是“四大五常，恭维鞠养”；乡愁是东方文明萃聚文化的动力；乡愁是“致孝享”“与论议，共难之”的内核；实为东方文明的精粹。乡愁是个很文艺的词儿，引人遐想，充满诗意。解老的乡愁是“烧饼大的庄子和油条长的巷子”；余光中先生的乡愁是那枚“邮票”；郑愁予先生的乡愁是那只荷肩的“背包”。足见两岸三位“80后”诗人乡愁之浓烈或温煦。有乡愁的人是幸福的，乡愁没了无异于游魂。解老是幸福的，八十高龄还能寻得着归家的乡关闾里，还能见得着四牌楼亭匾额上“忠诚正直”的御笔大字，还能去告慰先祖“没有辱没祖训家风”，其心神可定矣！

我也是幸福的，虽然自然力毁灭了我梦中的故乡，和我童年“寒夜客来茶当酒”的细瓷儿执壶，但我还有唐山大地震后仅七天就烧制出品的一片瓷碟，上面写着“76.8.5震后恢复生产纪念盘。唐山六瓷厂”。故我一如既往“乐乐兮其执壶不殆也”。

我祈愿：乡愁不再是一枚“邮票”，乡愁是可以从肩上卸下的“背包”。祈愿生者都成为“归人”而非“过客”。祈愿逝者都识得归乡的路，而非游魂野鹤，使“群生百神，有所归息”。

（周旭东，广东省作家协会会员）

一扇敞开的心扉 /

海 岺

聘如先生早年曾留学法国，同时又长期深受中国传统文化的熏陶；作为记者他曾涉足40多个国家和地区，也游历了祖国的大江南北。东西方文化的哺育，丰富的社会阅历，既开阔了他的视野，也使他对人生的思考更加成熟，形成了他外柔内刚、遇挫愈坚的独特性格。《聘如问答录》（以下简称《问答录》）是先生半生心血的结晶，国外评论家曾誉之为“心血点燃的火把”。读《问答录》，你也会情不自禁地时而在内心产生强烈的共鸣，时而陷入深思，时而赞叹叫绝，有时还会感到心灵的震撼。或许你并不完全赞同他的观点，但你却不能不为他的坦诚所感动。毕竟，呈现在你眼前的是一颗真诚的心，是一扇敞开的心扉、一扇洁净的心扉。

读《问答录》，你不难发现，聘如先生实是一个真诚而又充满矛盾的人。他的真诚乃出自天性。他的矛盾性格则由他的涵养所致。正如他在自己撰写的一首题为《墓志铭》的短诗中所言，他是“一个白了头发却怀着童心的人，一个生性正直却委曲求全的人，一个乐天幽默却布满伤痕的人，一个理想至上却尊重现实的人，一个热爱世界却眷恋乡土的人”。在现实生活中，聘如先生是一个积极进取又与世无争的人，一个十分宽容又坚持原则、极富同情心又疾恶如仇、可望又可即的真诚的人。他的真诚，常令他受到伤害，又令他不愿加罪那些伤害他的人；他的真诚，令他赢得真诚的朋友，更令他达到了不仅有待于人们而且也有待于他本人去认识的境界。认识聘如先生的真诚和矛盾性格，对我们了解他，了解他的《问答录》以及与他同时代的一代知识分子的生活历程和思想内涵，无疑是大有裨益的。

像千千万万背着沉重的行囊在人生的旅途上艰难跋涉的行者一样，聘如先生把自己比拟为“一个背十字架的人，一支两头点燃的蜡烛”，可见他在纷繁复杂的现实生活中的不胜负荷。一个人要获得事业的成功、纯真的爱情和真挚的友情已非易事，而一个富于责任感、使命感，时时以国家的利益、民族的命运来鞭策自己的人，更注定是“春蚕到死丝方尽，蜡炬成灰泪始干”。而聘如先生之难能可贵，还不在于他一生致力于做一个真实的人，而在于尽管他深知“无论做到真实与否，都将是一个悲剧”，却仍然以积极、乐观、向上的态度对待人生。也正是这种民族感、使命感，以及对美和爱的执着追求，使他往往能在身处逆境时仍充满着美好的向往和坚定的信念，他是济慈所称道的“生活的淘金者”，让生命焕发出最迷人的光彩的诗人。他把生活给他的苦酒化作永恒的美，用真、善、美去抗争世俗的假、恶、丑，把自己对人生、对理想、对信念的真知灼见，化作非凡的爱心，点燃读者的良知和智慧。

聘如先生在《问答录》里说过，“在不同的层次有不同境界的发现”。读他的《问答录》，又何尝不是如此？对于涉世未深、对未来充满憧憬的年轻人，《问答录》不失为一把开启人生之门的钥匙；对于饱经沧桑、被忧伤痛苦折磨得疲惫不堪的人们,《问答录》则宛如一缕清风、一杯甘泉。在人生的不同阶段，读《问答录》会令你有不同的感受和启迪。况且，人是不可能一下子把人生读完的。曾有人对聘如先生的作品做过这样的评述，它主要是写给现代的少数人和后人看的。

诚然，我对《问答录》识之甚浅，但我深信，这必将是一本受到各个年龄层次读者特殊珍爱的书。值得珍藏的，是一颗真诚的心。

做人该做怎样的人 /

——记诗人解聘如

吴剑辉

认识解聘如，是通过一个朋友的介绍，我们三个人坐在聘如那狭小却摆满了书的书房里，海阔天空地聊天，从贝多芬到卢梭，从埃及的沙漠到巴黎的春雪……聘如曾作为驻外记者在外 15 年左右，游历过 40 多个国家，见闻丰富，随口道来便具有无比的吸引力。直到告别后，我认真地看了看聘如的名片，这才知道他头上还挂着一串局长、主任之类的官衔，心下便诧异聘如的平易谦逊。到细细阅读了他的诗集《永恒》之后，则对他为人的执着和达到的境界，留下极深刻的印象。

对于如何做人，时下追求的是轻松、舒适，精神追求几乎堕落为物欲的侍从。而从国外归来的诗人聘如，却把对自身心灵的审视、对真善美境界的追求，以诗和问答录的形式，托呈于读者面前。在《聘如问答录》中，对“您主张怎样做人”一问的回答是“追求而又尽责，不俗而又合群，自信而又谦逊，自力而又助人”。

如果聘如是一个单纯的诗人的话，读者和评论家会在赞赏他诗品的同时，敬重他的人品。不幸的是聘如戴着官衔，他那坦诚的自白实与世俗的观念水火不能相容。在他的《聘如问答录》中有这样一问：“正直的人苦头多，您怎样看？”答曰：“正直的人注定要吃苦头！”聘如对自己的要求，就是做一个正直的人。他从前因此吃过怎样的苦，我不大知道，但我知道他目前就正在为做正直的人而大吃其苦，不仅他事业上的美好计划面临流产，他的为人也正在受到中伤。前者是他的心血，后者是他的命根，当两者都受到致命的打击时，聘如的心为何在淌血，可想而知。

不过，聘如也绝不仅限于作为一个诗人。当我又见到他，只见他仍迈着健步如飞的步子，在为一本他连自己的名也未挂上的杂志的出版而奔走。这是一本高档次、大气派的月刊，将面向全世界发行，可聘如却为了它的经费问题和人才问题而耗尽了心血，他甚至得自掏腰包支付部分的费用！不可思议的事情仿佛都让聘如摊上了，因为他认为，“真正懂得人生的人必定是正直的、责任感强的人”。

曾经有一位著名画家对我说过：“现在人们都喜欢嘲笑崇高，可崇高却并不会因为人们的嘲笑而不再存在。崇高好比星星月亮太阳，你想它们会因为人们的嘲笑而不存在吗？”我不敢说聘如如何崇高，可他确是20世纪50年代人们为追求理想不惜吃尽苦头的典型人物。其实，聘如心中也藏着深深的矛盾，在《海问》一诗中，有这样的诗句：

多少人喜欢海的气息
多少人赞美海的湛蓝
多少人迷恋朝阳夕照下的海滩
多少人惊叹海的胸怀和力量
为什么海水却苦

博大却充满苦涩的海水，象征着至高至善的人生理想。追求理想的人固然很多，尝试到其苦涩而放弃追求的人更多。而聘如，却以其坚忍，以其执着，迎接炼狱中的更大挑战。

（吴剑辉，广东工业大学教授，广东省中山市香山智库研究院特邀顾问，广东制造业大数据创新研究中心副主任）

杨赞贤的信 /

聘如兄：

寄来的《聘如问答录》收到了（没有信）。谢谢！很感兴趣地读了一遍，未与原来的复写稿对照，但明显地知道你进行了修订，不但重新调整了顺序，而且内容更充实，思想更严密完善，文字表达得也更准确了。好，修订得好！增删的也都恰当！

你给我的原稿一直不在我的手头，先是孩子看，后来是同事，同事的孩子，同事孩子的朋友的父母亲……传抄，传抄，我每每追寻时，都差不多要一一追问四五个人，到最后追到的一个人，答曰："还未抄完。"在当今之世，出版界为了经济效益，出的大都是闲书、杂书、平庸的书。年轻人得不到一个正经人的正正经经的教诲，在如此复杂的人世间怎样认识和对待事事物物，他们需要有人指点。甚至可以说，他们渴望得到这样的读物。你的《聘如问答录》，以丰富的经验和深沉的思考，用极精练的语言，凝聚了启发人的哲理，引人走上一条高尚的路、一条文明的路，使人们成为一个高尚的人、脱离低级趣味的人，一个有益于他人的人。我想，这便是我一直收不回来《聘如问答录》的原因。

我建议你继续思考、凝练，把古今中外关于认识世间的事物和如何对待的态度，统统整理出来，编辑出版一本《问答录——人生的哲理》，孰谓不美！？你是个有才干的思想家、著作家……

你上次来西安，咱们未能见面，十分遗憾。以后有机会，请再来，咱们为之畅谈它三天三夜。你可以陪外宾来，也可以自己来。我今年不打算去广州。拟四月份去北戴河，五月份去青海，六月份、七月份不能出游，因次子高考。若次子考上北京某大学，拟举家至北京游一次，惠荣老是说她 1968 年那次挺着大肚子去北京没有游，很遗憾。20 年之后去，补一补！

切望保重身体！

赞贤

1988 年 4 月 3 日　西安

（杨赞贤，曾任中国留法学生政治辅导员、陕西旅游出版社社长、中共陕西省委党史研究室期刊部主任等）

林彬的信 /

解聘如同志：

您好！初次见面那天，我就感到你的名字和脸都似曾相识，后来才想起，原来我在（广州）王府井六楼书市上就曾用两个多小时翻阅了许多书，你的大著问答和自选集等就是那次拜读过的。你相赠的自选集我当夜便通读了大部分篇章，其中问答和代跋深深地吸引和感动了我。我为我们的国家有像你这样美好心灵的人而高兴。你的书是人类心灵的净化剂。我又一次惊奇，通过一本书竟可以十分清晰地看到作者的人品心灵。它犹似一条清澈的溪流，可以看到那溪底晶莹的鹅石。问答其实就是你处世为人的律条、精神宝藏。你说你是位喜欢背十字架的人，我理解，这就是鲁迅所说的“俯首甘为孺子牛”的精神，是一种可贵的奉献精神。虽然我们还是初次见面，你的作品还来不及全读和细细品味，但你的不平凡经历，作品人品却似乎一目了然、感人殊深。我庆幸又一次以文结识一位良师益友。现随函邮去有关资料，请过目。谢谢你伸出友谊温暖的手。

祝

诗思泉涌！

林彬

1997年7月16日

邱平洋的信 /

解主任：

我一口气拜读完您的大作，就在您送书给我的当天夜里。

坦率地讲，我一般不喜欢读新诗而偏爱古诗词。但您的诗却深深地打动了我，我很喜欢。特别是《聘如问答录》，在这么多个问题中，涉及人生的方方面面，林林总总，博大精深，可谓时代之绝唱。哲理是如此之深奥而又浅显，情怀是如此之高尚而又平凡，文字是如此之精练而又易懂。读了它，可以陶冶情操，纯洁灵魂，增广智慧。我爱它，它必定在我心中永恒。“世间唯赤诚可以永恒。”古今中外，只要讴歌真、善、美的作品，世代传诵，必定永恒。我要去买几本赠送给我的好友，让他们同我分享读到一本好书的快乐。

回想起来，我们党校同窗三个多月，萍水相逢，相见如故。您待人真诚，给我很深的印象。记得在党校快毕业时，小组长一定要我在联欢会上讲笑话充节目，我固执地拒绝而又遭否决，使我处境尴尬，是您出来给我解围，这事使我感激您。这次您亲自送书给我，使我受宠若惊，更使我激动的心久久不能平静。我们在一起时只知道您到过世界上许多国家，是位摄影高手，没想到您还是才华横溢的诗人、哲人。

您工作很忙，我不该写信去打搅您，但为了表示我对您的真诚的谢意，说说我读了您的大作的肤浅感想，几经思考，鼓起勇气写了这封信，一吐为快。我才疏学浅，识力未健，乱七八糟地写了上面那么多，实在不成体统，请您批评指正。祝您健康，盼望您有更多佳作问世。

此致

敬礼！

邱平洋

9 月 9 日夜深人静时

林道平的信 /

聘如同志：

您好！

诵读大作《永恒》，感受至深，获益不浅。您高尚的人格，深刻的感情，爱人类的胸怀，均是我应当学习的……

诗人做官，希望不要变成官，希您仍能以诗为“正业”，因为诗是心声，诗能洁净自己与别人的灵魂。岂可停止？

对您我有两个希望：①继续写诗，出版更多诗集；②多印《永恒》，让更多的人知道什么是心灵之美。好否？

我很想多买两三本，让我最诚挚的朋友有机会拜读，请告知我何处可以买到。

祝好！

弟　林道平

1990 年 9 月 16 日

再：对人对事无限真诚，这是真正的快乐，对不？又及。

（林道平，广州医学院院长）

陈午的信 /

下午下班回家，爱人给我带回一本书——《聘如问答录》。

连着在外奔波三天，十分疲劳。当我翻开这本书，就被完全吸引住了。认认真真一口气读完，已是深夜，我又从头打开，对书中的内容选择抄录。

我可以负责地说，我是一位真诚的读者，我当作者为人生知己。我的人生格言是：乐观、坚定、自信、从容。“永远珍惜真诚”。作者让我最受启发的是，我所追求的有些信念比较模糊，书中给了我明朗的启迪。在今后的生命历程中，当我犹豫彷徨时，我会想起聘如先生的鼓励，“人生最难是战胜自己”，“永远自强不息”。

有两句歌词我很喜欢：“莫道前路无知己，世上谁人不识君。”我羡慕并追求“侧身送落日，引手攀飞星”的崇高境界。因时间不够，请让我真诚地说一声：“聘如，你好！不知道是否有机会使我拥有这本书？”

陈午

2003 年 6 月 13 日

鲁诚的信 /

不久前，在报社的精心组织、精心安排下，笔者有幸参加了一次写作培训班和班上举办的诗歌欣赏晚会。其印象之深，至今仍萦绕脑际，久久不能忘怀。

记得那一夜，在风光如画、山清水秀的芙蓉度假村内一幢设计精致的别墅音乐厅，30 多名“秀才”聚精会神地聆听著名诗人解聘如的作品——《聘如问答录》，整个大厅只有扩音器传出的朗诵者抑扬顿挫的声音在回荡，人们都陶醉在这富于哲理的诗作中，往日会议中交头接耳、窃窃私语的情况不见了，大哥大、BP 机此起彼伏的噪音没有了，吸烟时吞云吐雾的污浊消失了，只见众人如痴如醉、悉心静气，完全被诗人和朗诵者的高尚情操和造诣带到了一个高尚的精神境界。

人生，这是一个永恒、深奥而又让人十分熟悉的话题。如何正确对待人生，不同世界观的人会有不同的看法。对待人生，我们应该“积极、顽强、潇洒、欢快”；对待人生，我们应该有“信念、意志和努力”；对待人生，我们应该充满“自信、远见、果敢、坚韧”；对待人生，我们应该看到“逆境通向真理，挫折使人深刻”。我们要善待人生，不必计较眼前的一得一失，只要不懈地修身磨炼，必然会得到社会的肯定而无愧自己的一生。

朋友，《聘如问答录》是永恒的好诗。它言简意赅，隽永深远。它能使你善待人生，正视困难和挫折、迎接挑战、迎接未来。让我们再次细读《聘如问答录》，从它那丰富的人生哲理中吸收雨露和阳光。

但愿《聘如问答录》伴我一生。

鲁诚

1995 年 10 月

1994 年与谢添合影

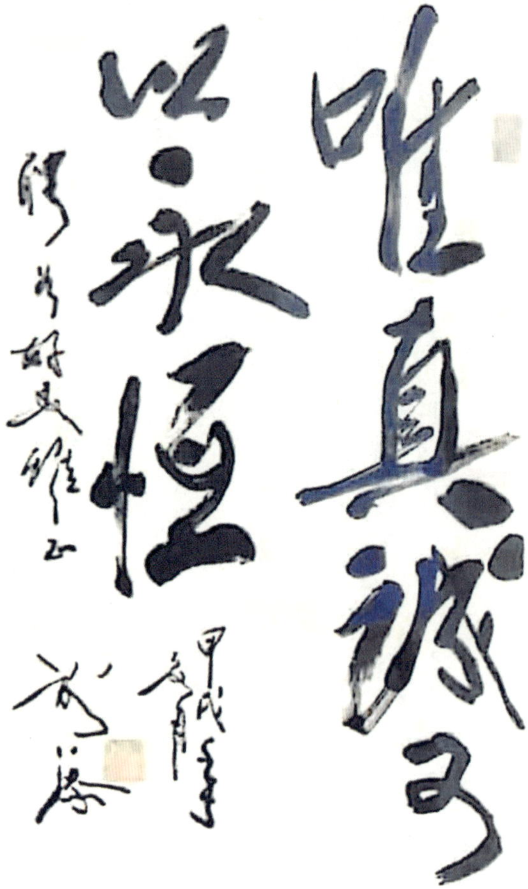

1994 年谢添题字

吴婉萍的信 /

解叔叔：

您好！

昨天跟谢老（谢添）通了电话，知道他已安全返抵北京家中，特告知您，以免您挂念。谢老还准备25日赴杭州参加姜文的个人影展活动，他在80高龄仍精神矍铄地参加多项社会活动，真令人敬佩。

谢老这次来广东见到了众多的老朋友，非常高兴。他特别要我安排见您，说起您的《聘如问答录》："世界上还有比人站得更直的动物吗？真是太有意思了。"脱口而出的就是您书里的话，可见他对这本书的喜爱。我知道他是一直把这本书带在身边，随时拿出来阅读的。那天离穗前他对我说："见到聘如先生特别高兴，我们两人的共同语言特别多，也很默契，我的10个字只需讲两个字他就能明白。他讲两个字我也就能明白他的10个字。他这人很有才华，出口成章，说出来的话收集起来就是一本书，而且很有幽默感，内在的幽默感，又很有风度，我要是个女的就应该追求这样的男人，又成熟又稳重，能给人安全感。"谢老的这番话说得我哈哈大笑起来，因为几年前我们几个朋友就讨论过这个话题。看来我的干爸和我的叔叔如此投契，心息相通，这也是一种缘啊！

谢老最近可能还要来广东，我真盼望着与他和您一起愉快地聚会，从你俩那里我可以得到许多有益的教诲和品格的熏陶，真庆幸在我的人生路上能遇到两位亦师亦友的长辈！

知道您一直很忙，不敢太多打扰您。请注意保健身体，有空给我来个电话吧。

婉萍上

1994 年 10 月 23 日

林燕妮的信 /

聘如君：

一见如故，实在令我欣喜。两见三见，更为愉快。您是很少有的人，在这个时代这些日子里，清气如君者难见，优雅如君者甚难得。

非常喜爱您的《聘如问答录》，那么清新、隽永、深邃。而且让人常读常新。以后，我写文章会忍不住要引用您的话语……

希望很快再见，跟您聊天总是聊不完的。

珍重，祝好。

燕妮上

1994 年 10 月 1 日

4 时 20 分

秀如的信 /

聘如：

你好!

寄来的书收到了，甚喜。

你的书我翻了一些，觉得这本书可以传至后代，流传一段时间。具体地说：

①你是个很勤奋的人，处处留意，呕心沥血写出如珠玉般优美的词句，清新明快，使人目不暇接。

②这是我读到的第二本《欧游杂记》，前者是朱自清用散文写的，留下了不少脍炙人口的佳句，而你的书大部分是用诗写成的。这两本书具有异曲同工之妙，都有很多锦句，使人回味无穷，百读不厌。

去过欧洲的人不少，但痴若木鸡的人多，没有文采，没有联想，没有幻境，思路是阻塞的，脑子是空空的，所以我很喜欢你的书，我更佩服你遇到灵感之句便马上记录下来的习惯，不让它飞逝，所以妙语连珠。

余不多叙，祝你们健康，顺向光凤问好。

秀如

5 月 25 日

克瑞的信 /

解主任：

你好！

大作收到多日，谢谢！

对于文学，对于诗，我是个外行，但对阁下的大作，我却一口气把它读完了，随后又推荐给我的爱人，同样也一口气读完，都觉得受益良深。

《永恒》中有一句："世间唯赤诚可以永恒。"写得何等之好啊！我不懂诗，都能一口气读完它。我想，可能是"唯赤诚才能赢得读者"。

祝好！

克瑞

9月25日

演员的话缘 /

卢吉雄

记得还是女儿上小学的时候，她们学校组织活动，要求我们父女俩出一个节目。通过业内朋友推荐，我第一次接触到解老师的名篇《聘如问答录》（以下简称《问答录》）部分文稿，这是我和《问答录》的初始缘分。

一看就非常喜爱。我节选了适合孩子询问的话题，采用女问父答的形式，邀请她妈妈也扮演角色。于是，一家三口齐参与的语言类节目——“人与人生”在东山宾馆“扑通 100”的舞台上与观众见面了。那天出席观看演出的有市、区领导，教育部门领导，学校领导，老师，还有部分受邀的家长及媒体记者，400 多人。当我们的节目演完后，我们收获了满堂的掌声。记者忙着采访小演员，领导热情上台合影，家长纷纷索要文稿，《南方日报》还刊发了当日我们演出的照片。一时间，在女儿就读的东风东路小学传为佳话。

一转眼，女儿要上大学了。我和《问答录》再续前缘：当我得知解老师将委托我们姐弟共同录制他的诗歌、散文、《问答录》的喜讯后，便暗下决心，一定要尽全力做好，一定要珍惜和把握好这再次的缘分。

我用心感受，用心演绎，整个录制过程是一个学习的过程、升华的过程。它让我感受了真、善、美，也享受了真、善、美。

我认识了解老师。我从喜爱他的作品转化为敬重他的人品，从此，便和解老师结下了不解之缘。

2015 年 9 月

1995 年与姚锡娟在广东高校开展讲座

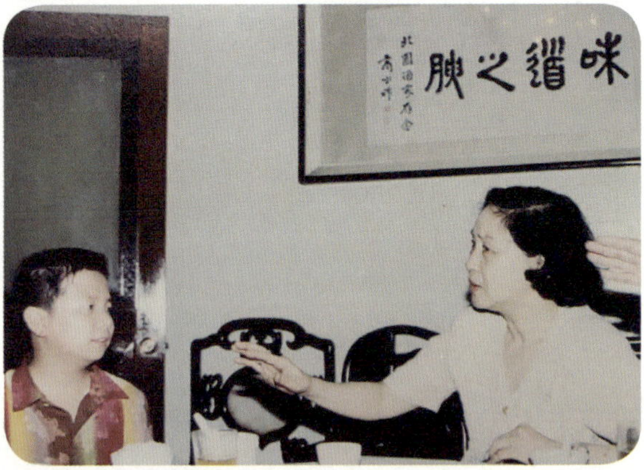

1996 年姚锡娟辅导少年朗诵爱好者

1994 年与姚锡娟、达式常等在广东电视台合影

配乐合成后记 /

徐镇敏

受解老之邀，让我为他的《行走世界　感悟人生》做配乐，深感荣幸，因为与解老的交往是一种缘分。在接触解老的《聘如问答录》（以下简称《问答录》）这部杰作的过程中，凝聚了我们一家的三代情缘。

难忘1999年，佛山语言艺术研究会观摩了广州黄花岗剧院举办的《青春·脚步·梦》朗诵专场，达式常、姚锡娟现场朗诵《问答录》，声声敲击着我们的心扉，震撼着我们的灵魂，就这次，我们如获至宝地得到一张由达式常、姚锡娟朗诵的解老的作品专辑《问答录》。恰巧，父母亲来我佛山的家小住，父亲听了此专辑，欲罢不能，"人是站得最直的动物""人变小了就掉进钱眼里""人生在世最不能缺德""请永远珍惜真诚"……也在我们一家人的心中扎下了根。父亲戴起老花镜，操弄着CD机的快进、快退、暂停键，把整张CD的文字一句一句抄录下来了，这份手抄复印稿就在佛山语言艺术研究会的会员中传诵，非常遗憾的是父亲手抄的那份原稿没保留下来……

在为解老作品配乐的过程中，恰巧在英国读研学媒体创意的女儿回国拍作品，期间女儿听了配乐，给出许多中肯的意见和技术上的支持；我的太太也是每一首配乐作品的第一听众，我们讨论、推翻、重来、肯定，反反复复……您说这不是一种缘分？这是三代的情缘啊！

一个人和他的一部作品

——解老短片解说词

张红玲　刘达斌

年届八十的解聘如先生，是广东省朗诵协会名誉会长、著名诗人。50 年前风华正茂的他公派留学法国，20 世纪 60 年代至 80 年代末任新华社驻外分社首席记者、分社社长。在海外出版了中法文诗集。1986 年在突尼斯大学举办的“聘如诗作朗诵会”上，在与大学生的互动中形成了《聘如问答录》（以下简称《问答录》）的雏形。2001 年已在国内退休的诗人受到联合国教科文组织执行主席和意大利维罗纳市市长的联名邀请，出席了世界诗歌学会成立大会，当选学会委员。2008 年，他荣获法国政府颁发的“法国教育勋章”（又称“法兰西教育骑士勋章”）。

1991 年，《问答录》在国内印刷出版，三个月即脱销；

1998 年春，由著名朗诵艺术家姚锡娟、达式常录制的《人与人生——聘如问答录》CD，在广州购书中心签售，读者排成长龙，踊跃购买，各大媒体争相报道，好评如潮；

1999 年初，姚锡娟、达式常在广州友谊剧院首次公演《问答录》，一举轰动；

2001 年岁末，在北京中山公园音乐堂“聆听经典”朗诵会上，姚锡娟、徐涛老师对《问答录》的精彩演绎，获得爆棚的掌声，幕间休息时，刊登《问答录》的节目单被观众抢空；

2002 年春组建的清华校友剧艺社以“人与人生”为主题，十多年来，在国家大剧院及全国数十所大中学校以及众多企事业单位公益演出近百场《问答录》，这批清华老校友，多是各行业的科技带头人，几十年来为国家作出了杰出的贡献。退休后，平均年龄 65 岁的他们重拾学生时代的爱好，用充满活力的激情“播种了感动，收获了更多的感动”。所到之处，受到热烈欢迎，场面感人。

十多年来，广东佛山等地的朗诵界及大中学校也将《问答录》作为诵读的保留节目。

《问答录》曾受到全国人大常委会副委员长吴阶平、彭佩云，老省长卢瑞华，中国教育学会会长顾明远等领导的高度评价，也曾受到前辈艾青、冰心、严文井、峻青、岑桑的鼓励。加之杰出表演艺术家的演绎，影响逐渐扩大。尤其得到了广大教师、家长和同学们的厚爱。

可以说，一部作品带动了一大批朗诵爱好者，促成了若干朗诵团体的诞生。

2015 年 12 月，广东省朗诵协会举办解老作品朗诵会，以示对解老及其创作成果的敬意。

（广州市海得贝利影视制作有限公司提供）

2015年在广东省立中山图书馆举行《行走世界·感悟人生——解聘如“人与人生诗文作品”朗诵会》

2013年9月广东省朗诵协会成立大会全体成员合影

广东省朗诵协会成立大会

《聘如问答录》读者感言 /

一口气看完，觉得很精彩。次日我就转给一位好友分享，后来陆续一棒接一棒地给我校（西安交大）不少资深的同事看，看的人多是教授、教授合唱团团员、指挥、主持人、朗诵的行家……他们读了都很感动，有的感到 20 年前就应该看，有的全家人在看（夫妇和上中学的儿子），觉得值得珍惜。《聘如问答录》像金子一样的珍贵，值得反复阅读和回味。如此优秀的书，当今百里找不到一本。这本书还要再版吗？我想买一些赠给我的朋友们，他们一定都会非常喜爱这本书的。

西安　朱其芳

……我终于打听到您的联系方式了，请原谅我的冒昧。前些天不经意间打开收音机，刚巧听到东方电台在播放您的《聘如问答录》。顿时，我被完全吸引住了，心里又惊又喜，怎么会有这么震撼心灵的文字呢？在这物欲横流、人心浮躁的社会环境里，正直的人常常感到压抑和迷茫，《聘如问答录》说出了我想说却表达不出来的话，而且说得太深刻、太准确、太美了！作者是什么人？我一定要找到他，要买到这本书！今天终于有了您的地址。我现在渴望能买到您的《聘如问答录》，请告诉我在哪里可以买到呢？

上海　艾百合

《聘如问答录》是作者人生经历的思考与感悟，他以学者的冷静，以诗人的激情，用简洁优美和充满哲理的文字将它们记录下来。现在，从心中流出的《聘如问答录》，正在流向读者心田。这是人与人的理解，心与心的沟通。

广州　黄川

听了由两位艺术家（达式常、姚锡娟）朗诵的《聘如问答录》后，仿佛一切的是是非非、种种迷茫困惑都远去了，心里慢慢自信和充实起来。作者没有说教，他只讲了他对人生、对命运、对现实的真诚感受，但却令每个在内心本不愿随波逐流的人，都可以找到自己，找到答案，产生共鸣。

广州　张卫帼

1999 年秋，一个风清月朗的夜晚，佛山市语言艺术研究会的同仁们在广州友谊剧院，聆听“梦·青春·脚步”经典诗文朗诵会。著名表演艺术家姚锡娟、达式常朗诵的《聘如问答录》，一下子抓住了我们的心，那富含哲理、睿智简洁的人生问答，如清泉般涤荡着我们的心灵、引发了我们强烈的共鸣。但这意味隽永、震撼人心的文字出于谁人之手呢？

老天垂顾，不久我们得到了由姚锡娟老师亲笔签赠的《聘如问答录》CD。如获至宝的我们立刻着手把录音文字整理出来。一位会员年逾 70 的老父亲自告奋勇，他花了好几天时间把《聘如问答录》一字一句记录了下来。此后的 12 年里，佛山市语言艺术研究会在不同的舞台上演绎这部作品，每每引发听众深深的感动，人们久久不肯散去，印制的问答录节选总是供不应求，青年学子、孩子的妈妈、剧场的保安员，人们向朗诵者索要文稿，最后连同朗诵稿都被“抢”去……

精诚所至，金石为开。几个月后我们终于见到了作者解聘如先生！原来，解老师受佛山市图书馆“南风讲坛”之邀，前来做“人与人生 100 问”主题讲座。当这位慈和儒雅的长者出现在我们面前时，我们都为他丰富的人生经历深深感佩。从此，他与佛山市语言艺术研究会结下了不解之缘。近几年，佛山“南风讲坛”又举办了“人与人生 100 问”清华校友剧艺社专场朗诵会，并将解老师的讲座引荐给佛山周边的镇街和学校。最近，佛山市语言艺术研究会把《聘如问答录》搬上了星海音乐厅的舞台，深受观众的喜爱。我们已将《聘如问答录》内化于心，外践于行……

佛山　顾月

《聘如问答录》网友点评 /

多年前曾在中山音乐堂欣赏中外著名朗诵，除了史铁生的《秋天的怀念》让我掉下泪来，最触动也最触痛我的是《聘如问答录》中那句经典对白——“问：你希望向过去索回什么？答：还我蓝天，还我碧水，还我啼鸟。”从那以后，我就变成了环保主义者……

让风继续吹

《聘如问答录》作者已经到了感悟人生的最高境界，如此精辟、如此深刻、如此感动！这个内容相信已经触动了很多很多听者、读者的心灵深处，触动了久违的神经末梢，因为这个世界太浮躁、太虚荣，失去了太多太多精神乐园里的净土，相信像我一样，感受的同时已经在给自己洗脑了！

阅读的时候已经泪眼蒙眬了，突然找回了大学时候的感觉，因为那个时候对品格的追求、对善良的追求、对真诚的追求、对正义的追求都是当时的主旋律。但是此时的人们好像渐渐远离这些美好，越来越世俗……《聘如问答录》应该送给所有曾经寻梦的人们和正在坚持这种信念的人们！

北京景山学校　学生家长

致聘如先生言

执信中学阅薇新社的社员们写下《致聘如先生言》，深表对解老的敬佩之情。

先生道
人生没有满分
千万别做幻想的奴隶
人生却有顶峰
那是看淡得失的成熟
成熟
乃是要我们懂得珍惜和满足

先生道
正直的人会多吃苦头
但活着
应当合群合拍不合污
有主见却不必我行我素
该担当却也要进退有数
追求理想要忍得住痛苦

先生道
要变得坚韧
就得学会忍耐
要拥有气质
必要充实内在
要潇洒人生
可得学会乐观

先生啊
您从风雨动荡的年代走来
着一身最朴实的光彩
您踏上黄土地、黑土地、红土地
把远的拉近了看
您挺直腰杆
说，做一个正直的人最难
却能在时间的长河里俗而不染

先生您
虽无法造起广厦千万间
却为亿万少年
将那成长之路轧得平坦

媒体采访文章

1989 年参观赖少其画室

2013 年与达式常广州合影

2012 年与清华校友剧艺社的三位老师合影

漫游在知识的丛林里 /

刘根勤

这个住宅单位空间内含的信息量，让人叹为观止。面对这些繁复而精深的载体，我感受到“表达的尴尬”和“想象的停滞”，甚至是来自审美客体——文化的“压迫”，呼吸一度为之窒息。好在主人——一位睿智的长者，多次为我充当向导，才不使我迷失在“知识的热带丛林”里。

屋主解聘如老师是个不简单的人物，他 1965 年在法国格勒诺布尔大学留学，后来在国外工作 14 年，足迹遍及五大洲 40 多个国家和地区。曾任广州市新闻出版局局长兼广州出版社社长，现任市政府参事等职。

他那 135 平方米的住宅被布置成三室三厅，几乎每一个角落、每一件物品都承载着一段故事，体现着一种创意。这里的信息量，使所有人“叹为观止”。从个体经验出发，我敢说，这个住宅单位空间的价值，知性的和诗性的价值，可能不逊于北京和台北的故宫博物院。走在里面，我觉得自己像是进入了知识的热带丛林里。

房屋的格局有些特别，呈长条形，像各守一方的三个厅在广州就很少见：如果不加上窄小得有点儿奇怪的杂物房、客房，主人房就有三个。这么多墙壁使整个房间看起来有些拥挤，如果换了现在的建筑师可能会把多余的墙壁全部拆掉，可是这有 50 年历史的老房子却连窗户大小都不能改动，因为一动工整幢房子都会塌下来。所以如何装修就极考功夫和品位。

解老师和儿子各有一个客厅，分别按中式和欧式风格布置——这种说法有点类似于比较文学，很不准确，事实上就是中式风情和法国 18 世纪风格。

一进大门，右手侧是解老师的客厅，墙上粉刷简单，红色的门框上有中式狮子头门环，东、西、北三面墙上挂着主人最欣赏的当代名人的亲笔题字，有弘一大师孙女李莉娟仿先祖的“静可生悟”；岭南书法宗师赖少其的“有朋半壶酒，无官一身轻”；还有导演谢添的“唯真诚可以永恒”。客厅里的主色调是紫红，广式红木家具陈设得有条不紊，沉实、厚重，恍若大块的文化一下子积淀在心上。

而解老师的儿子的客厅兼书房完全一派西式风格，左墙中下方一个洛可可式的壁炉，使人想到《红磨坊》里那炫目的装潢，仿汉白玉的壁面即使在广州也不会让人觉得“燥热”。阔大的沙发前是一张很有意思的茶几，初看时会以为几本大部头名著叠在一起，如《莫比 · 迪克》《双城记》《海底两万里》等，其实翻开“书本”却发现里面原来可以装红酒。最“炫”的是右墙的 CD 架，我算了一下，至少有 2000 张，多为英文和法文，CD 碟多得已蔓延到地上。长得很帅气的小解在一旁比画：客厅小就只有向上索要空间，所以我要做一个简单的板式架子，往原来的架子上面叠加。

解老师和儿子都属于腹笥奇丰之人，藏书之多更是广州罕见，总量不在6000本下，基本上属于典籍名著。在我印象里仅现代、当代文学和文论作品的收藏规模，只有北京大学钱理群教授才有。在他的“新闻出版”橱柜里，我发现几本南方日报人的著作，像《你嘴上有风暴的味道》《一日看百年》等。

原来通往厨房的是一条很窄的过道，长约4米，宽1.5米，现在变成小型博物馆兼画廊。右手边是几幅民俗画和几张波斯挂毯，左手边的橱窗里是美不胜收的藏品：非洲的牙雕，阿尔及利亚的橄榄根雕“母子鹿”，柏林墙的残片，印第安人的帽子，西藏的转经轮，充满了旅行家的气息。

这样的家要细细品味，正如小解所说，家的内涵在有了外壳后要慢慢充实，文化只能靠长年累月的积淀，对家有感情，才能了解它的一砖一瓦，才能对那些从世界任何一个角落带回来的东西应该挂在自家的哪面墙上胸有成竹。

屋主（聘如）手记：《老房有味》

我家住的是楼龄超过50年的红砖老房，楼高五层，我家在四层。这是苏联人在20世纪50年代建成的宿舍楼，砖木结构，它的内墙是不可以改变的，厅再窄，窗再小，也不能扩大，否则上面的一层就会塌下来。

但是，实行因地制宜，局限性会变成特色，空间小，也可以丰富其内涵。至于说缺陷，不把它放在心上，要知道这世上哪有十全十美的人和东西。

因陋就简，普普通通的材料、粗粗糙糙的装修，然而尚不失情趣、不失韵味。有一位朋友挺形象地说，你家的布局像一本好看的有品位的杂志，栏目纷呈，内容精彩。在不足五平方米的采光极差的一个角落做了一个酒吧；在两间套房的一边隔成一道画廊……好似设计杂志的栏目。

那么，“杂志”的特色又是什么呢？众人也有共识，叫作：一重友情，二重文化情趣。家里可供亲友交谈的“小区”至少有五处：两个书房一个厅，加上酒吧和阳台。大处可坐七八人，小处可容三四人，互不干扰。酌酒、饮茶、下棋，但凭君意。还可翻翻书、弹琴、听听音乐。橱窗、书架乃至每一个角落都能见着友谊纪念品，它们无声地讲述着国内外许多感人的小故事。从书房到厨房，从阳台到走廊，艺术品飘逸着五大洲不同文化的馨香，它们是我走遍中华大地、赤道、撒哈拉、地中海畔、欧美大陆、耶路撒冷等地的见证。

行万里路，读万卷书，交友、做事，皆人生之所求。飞来飞去，家是一个窝。家不在大小，只要有粮食、有朋友、有情趣，便是一个好窝。

（本文摘自《南方都市报》2001 年 11 月 8 日）

闪亮的日子 /

陈 川 刘建英

美国畅销书作家比尔 · 布莱森在最新出版的回忆录《闪亮的日子》里，曾不无历史感地写道：“我常常想，我们没有把 20 世纪 50 年代那些令我们与众不同、别具一格、引人注目的东西保存下来，多么可惜。那曾是多么精彩的世界，恐怕我们再也看不到这样的世界了。”当我走进解聘如先生琳琅满目的书房时，也忽然感到，解先生经历过的那个精彩的世界我们是再也看不到了，不过幸好，还有他的讲述和那些保留下来的物件，零光片羽的回忆得以复现，也让人走进了属于这位老先生的“闪亮的日子”里。

也许仅仅用“琳琅满目”还不足以形容解先生的书房。那里有随处可见的充满异国风情的小挂件，满满一柜子从非洲乡村里淘来的质朴而充满原始生命力的木雕和象牙雕，还有那个放置在高高的书柜顶、满腹故事的突尼斯大铜盘，它们是解聘如精彩的驻外采访岁月的物证，甚至比那一柜柜书更引人注目。

见证中国恢复奥运会资格

作为新中国成立后第一批赴法留学生之一，解聘如拥有整整 29 年的新闻采访工作经历，从 20 世纪 60 年代末到 1987 年，他作为新华社记者被外派到阿尔及利亚、突尼斯、刚果以及其他法语国家，也曾多次陪同中国当时的总理们到外国出访。他曾经参与见证了 1979 年中国恢复奥运会资格的历史过程，当时解聘如在突尼斯，他说，作为新华社记者，当时也是负有使命的人民使者，做了大量的外交工作。他还记得，在此之前，因“文革”期间突尼斯与中国断交，到 1973 年他作为恢复邦交后第一位中国记者重返突尼斯时，突尼斯人对他的到来还抱着怀疑的态度，以致他请客时常常遭到冷遇。解聘如不得不想方设法，采取迂回的方式，首先结交他国的记者，再由他们把突尼斯的朋友也带过来；还经常把对突尼斯的正面报道发回国内。解聘如终于让突尼斯朋友看到他最大的善意，并重新接纳了他。

在突尼斯八年后，解聘如和那里的人们结下了深厚的友谊，书柜顶上的突尼斯大铜盘就是一个突尼斯小女孩代表全家送给解聘如的礼物，他们一家曾经与他比邻而居。解聘如要回国的时候，突尼斯当地报纸发布了他要离开的消息，后来因有事耽搁了，一时没走成，第二天的报纸又发布新闻：好消息，新华社的解先生暂时不走了。

独家采访阿拉法特

在风云变幻的驻外采访生涯里，解聘如遇到过不少传奇的事，其中 1985 年独家采访阿拉法特的情景，每一个细节他至今都记得。那是 1985 年 10 月 1 日，以色列远程轰炸机飞越 1000 公里，炸平了位于突尼斯郊区的巴勒斯坦解放组织总部之后，全世界都在打听生死未卜的阿拉法特主席的下落。因为有巴勒斯坦朋友的帮助，解聘如在当天下午便得知阿拉法特幸免于难。朋友还通知他，阿拉法特决定当天午夜在突尼斯郊区的一个地方接受他的独家专访。

当天午夜，解聘如乘坐巴勒斯坦友人开的面包车到郊区的一座小楼前。在二楼的一间办公室里，阿拉法特单独接见他和一名翻译，一见面，阿拉法特就与他激动地紧紧拥抱，解聘如向阿拉法特转达了我国领导人和人民对他的真挚问候和对以色列暴行的强烈谴责。这次会见给解聘如留下了不可磨灭的印象，他说，阿拉法特是一位真正的民族英雄，他从不畏死，也不知疲倦。

一切与法语有关

外事工作一直到解聘如 1987 年回到广州后仍在继续。在广州市政府主持外事工作期间，他成为法国驻广州总领事馆最好的对话者，致力于推动法国和广州市之间文化、经济和政治交流。1988 年，解聘如促成了法国里昂和广州结成友好姐妹城市。

此外，他还积极支持广州法语培训中心的成立，这是法语联盟在中国的第一家分支机构，自成立以来，越来越多的学生到广州法语培训中心学习，为法国语言和文化在广州的传播起着重要的作用。20 世纪 80 年代以来，解聘如出版了以法文文本撰写的《聘如诗选》和译著近 10 种，并主编了《法汉短语词典》等；他还因其法文诗歌艺术而于 2001 年 6 月应邀出席世界诗歌学会成立大会，并当选学会委员。

解聘如所做的这些，为他在 2008 年赢得了一枚“法国教育勋章”（又称“法兰西教育骑士勋章”），这是拿破仑为了嘉奖法国教育界人士所作出的贡献而于1808年设立的，由法国国家教育部批准颁发。后来，该勋章还颁给在世界范围内为法国文化、科技和艺术的发展和传播作出贡献的外国人士，是法国四种部级荣誉勋章之一，因其形状为棕榈叶而又被称为“棕榈叶教育勋章”。解聘如把珍藏在匣子里的徽章拿出来给我们看，这枚淡紫色的勋章光洁如新，和那些来自国外的纪念品一样，它也是解聘如“闪亮的日子”的一个物证。

（本文摘自《信息时报》2009年9月6日）

行走世界 芬芳故土 /
——文化勇士解聘如访问记

刘骏捷

怎样做人？怎样对待人生？这是一个人人都绕不开的问题。今天以此文相赠，意在能从解老对“人与人生”的深邃精辟的论述中得到一点启迪与深思，愿我们在“十九大”精神的感召下，在新时代做出新作为。

今年 4 月 18 日，水乡兴化在文化馆举办了一场别开生面的文艺演出——解聘如诗文第 100 场朗诵会。举办之初，举办方还担心这场演出会不会曲高和寡，但出乎意料的，演出效果奇好，当天一票难求。整个会场除了摄影人员走动之外，听不到一点杂声，秩序井然。全场观众都被这高雅艺术所吸引，特别是江芸与刘明老师的《人与人生 100 问》朗诵获得全场经久不息的掌声，最后解聘如老人登台与大家见面，气氛达到了高潮。同月解老又被老年大学邀请做了“人与人生 100 问”的讲座。两年前，解老也曾应宣传部的邀请做过同样专题的报告。这两次报告和一次演出我都有幸参加了。真是常听常新，越听越觉得意味无穷。

一、从水乡走出来的名人学者

大概因为解老是从本地成长走出来的学子名人的缘故，多了一分亲切感，好多单位与个人都慕名争相求见，聆听教诲。这个机会却被我捷足先登了。我以《人文兴化》编辑部的名义得与解老见面，并采访了他。

解老家原住老城区北门外上河边。他是名门世家之后。四牌楼有一块横匾“忠诚正直”就是对他上祖名贤解学龙的褒奖。世代相传，解老从小受到过很好的教育。他小学在当时的实验小学，中学在省镇江中学（初二曾寄读于兴化中学），在南京大学法语专业毕业后，分配到新华社当翻译兼编辑。曾任驻非洲突尼斯首席记者兼《人民日报》记者。1964 年中法建交，他是新中国首批享受法国政府奖学金的公派留学生。他精通法语，留学期间，他用法文写诗著文，探索人生哲理，出版过《聘如诗选》、《聘如问答录》（以下简称《问答录》），出版后被译成英语、西班牙语、阿拉伯语等多国语言在报纸杂志发表。

在其新闻与外交生涯中，他的足迹遍及五大洲 40 多个国家，2008 年，法国政府颁发“法国教育勋章”（又称“法兰西教育骑士勋章”）给解老，奖励他这位中法文化交流的友好使者。

解老现住拱极台公寓，我走到他家，首先看到的大门门楣上一块横匾，那是解老回乡前原广东省省长卢瑞华题写的“怀松斋”三个大字。进入屋内，正厅有原新四军军部领导成员赖少其书写的一副对联“有朋半壶酒，无官一身轻”。我揣摩着这两幅书法在思想内容上的内在联系：一个涉洋过海、中外奔波、年老退休的人，本可以颐养天年，对酒当歌；但作为一个革命者，松柏的高洁，是永远不能忘怀的呀！这一里一外，一庄一谐，彰显了室主人的内在潜质与深藏的情怀。

二、开拓文化创新事业的勇士

谈话转入正题后，我向解老提出了一个中心问题。《问答录》（能否说是一种新的文学体裁）是如何形成的？后来又怎样被观众读者接受，而后又被专家学者认可赞许，而又得到广泛欢迎的？

解老语气和缓地做了回答。

“那是我在驻外工作期间，我的一位突尼斯作家朋友的夫人突遇车祸身亡，为了安慰友人，我用法文写了一首诗送给这位友人。这首诗后来被当地的大学生在一次朗诵会上朗诵，朗诵结束时，同学们邀请我相互对话，其内容涉及人与人生的一些问题，这便是《问答录》雏形。回国后，我把这些内容译成中文，内容也不断‘与日俱增’。1993 年，终于成了体裁独特的《问答录》。这本小册子引起了著名艺术家姚锡娟的关注，她邀请了影视演员达式常参与，我们三人合作把它录制成朗诵光碟在广州天河购书中心签名发行。2002 年，北京中山公园音乐堂举办的聆听经典朗诵会上《问答录》是第一个演出节目，由姚锡娟、徐涛朗诵，获得会场热烈掌声，反应非常强烈。随后，清华校友剧艺社开始把《人与人生 100 问》章节定为保留节目。10 年来，在清华、南开等院校及国家大剧院等场所做了 99 场公益性演出，并且将第 100 场演出定在我的家乡——江苏兴化。”

《人与人生 100 问》得到群众如此喜爱，专家学者有何评价？

解老仍然很平静地回答，先说说吴阶平教授接到该书后写给我的一封信吧。

“……做了半个世纪的医生，深知我们学习的是生物学上的人，但实际上并不存在生物学上的人。所以除了社会生活中懂得各种各样人以外，在业务中也增加了对人的认识和理解……我一定会很快读一遍你的《问答录》，并且还会再读，再想。”

吴阶平教授是为周总理治病的医疗专家小组负责人。在他看来，人除了有自然属性的一面，还有社会属性的一面，而主要的是社会属性。通过对《问答录》的阅读，他增加了对人的认识与理解。

再看看作家峻青是怎样评价的。

“在这本蕴含人生哲理，闪烁着智慧火花的《问答录》中，诗人那种对人生、对信念、对理想的灼见和追求体现了作者非凡的爱心，正直独立的人格，感人至深。”

中国香港作家林燕妮则很直接地说，我非常喜爱您的《问答录》，那么清新、隽永、深邃……以后，我写文章会忍不住要引用你的话语……

林燕妮作家所说的清新、隽永、深邃，在《问答录》中无处不在，如从“人”这个命题开始的几个问答。

问：大千世界，芸芸众生，人真是太复杂了，你能对人下一个简明扼要的定义吗?

答：人是世界上站得最直的动物。

问：这就是说，人是最高尚的动物?

答：是的，人应该是最高尚的动物。但迄今为止，在人群里，什么动物都有。

问 : 这话应怎么理解?

答 : 因为世界上同类物质中彼此差异最大的是不同人的心。

问 : 那么，什么是人的本质?

答 : 品格，品格是人的本质。

问 : 人们常说人分好人和坏人，什么样的人才算是好人呢?

答 : 好人应该是有责任心、有是非感和有爱心的人，他们的言行能让人快乐，能使社会增色。

乍看，回答都近乎简单，特别是问人是什么？答：人是站得最直的动物。还有调侃的意味，但好好想一想，这里有深意。不错，人在动物中双脚直立，无疑是站得最直的。但如果从伦理学角度去看，“人”就不见得是站得最“直”的了。现实中有些人猥琐、卑劣、恶毒，早就不那么“直”了。他们连动物都不如，应该说他们已不是“人”了。接着问人的本质是什么，回答是品格。从这些回答中，可以看出作者深谙世事而又睿智精辟。

解老，人与钱在生活中是密不可分的，你能否说说你的理解。

问 : 请说说你对钱的理解。

答 : 钱太重了，人就轻了。

问 : 为什么有的人会掉进钱眼里?

答 : 人变小了，才会掉进钱眼里。

解老，前面谈“人”谈得不少，现在来谈谈人生，好吗？

问：你认为人生的真谛是什么？也就是人为什么活着？

答：追求真、善、美，创造真、善、美，享受真、善、美。

问：人活在世上，最珍贵的是什么？

答：友谊珍贵、时间珍贵，但最珍贵的是信念、意志和努力。

采访至此，我感谢解老不厌其烦地回答。《问答录》开辟了一条新路，弘扬了主旋律，传递了正能量，解老算得上是一位开拓文化创新事业的勇士！

最后我想用中国教育学会会长顾明远的话作为本文的结束：

《问答录》是用诗一般的语言回答了深邃的人生哲理。这里没有冗长说教，而是简洁地说出了自己对人生的感悟。他的回答，句句都那么精辟。他不是用长江大河的水来冲刷你的身体，而是用滴滴清泉浸润你的心灵。我想，读者读了这本书，一定会有自己的感悟。

（本文摘自《人文兴化》2017 年 12 月）

板桥文化浸润下的金色人生 /

郭亚群

见到解聘如先生是在他的亲戚家，沙发旁的茶几上放着三本他的著作《聘如问答录》，他将三本书都送给了我们同行的几个人，些许颤抖的笔触下是依然刚劲有力的方块字。从家里出来，只见解老“噌噌噌”步伐快速地走下楼梯，跟在他身后的我赶紧加紧步伐跟上去。已近杖朝之年的解老腰板挺直，步伐有力，全然没有龙钟之态。在采访过程中，走上拱极台或者是路面不太平整的地方，解老都会很自然地扶着老伴的胳膊，举手投足间都透露着他身上的那种儒雅之气。

解老夫妇再次回到故土，对家乡的一切都充满了好奇与感怀。他们深情地看着家乡的一草一木，仿佛每一棵草都承载着他们对家乡的思念与感恩。吃遍了世界各国的美食后，他们想念的依然是老家的“汪豆腐”“神仙汤”；看过了各国的美景后，留恋的依然是老家那如阳光洒满大地的油菜花。正如解老在散文《迢迢万里路　悠悠故乡情》中所写的一样，世界很大，我走到现在仍未停步。可是世界再大，我也绕不出家乡兴化“烧饼大的庄子”，也走不尽故土兴化“油条长的巷子”。

在与记者说起自己的过往时，解老谦虚道：“我的文化底蕴比起许多现在的后起之秀来，其实还是有差距的，我唯一的优势就是我的年纪大些，资格老些，走的地方多了些而已。”他的一生所取得的成绩，有些是可以记录在史册的，他就如一棵稻穗，因为承载着沉甸甸果实而将腰弯得很低。

9 月 18 日，解聘如先生应邀作为“昭阳讲坛”的主讲人回顾了自己一生所做的一些事情以及自己的人生感悟。从板桥故乡走出去的解老，时刻都记得板桥先生的吃亏是福的人生之道，粗茶淡饭的生活之道，崇尚兰竹的修养之道。板桥思想贯穿了解老的一生，他认为一个人的成功不在乎考什么名牌大学，拥有多么体面的工作。在中国，很多家长在教育子女的问题上太过功利，“不要让孩子输在起跑线上”，这个“起跑线”并不是让他们去学英语、学奥数、学钢琴等，而是拥有一个良好的学习习惯，一份不怕吃亏的人生态度，一种不怕吃苦的坚持精神。有了这三样，任何一个人都会成为真正成功的人。

整场讲座持续近两个小时，解老侃侃而谈，讲台上只有一杯淡茶。今年 79 岁的解老思维清晰，讲话有条有理，他的每一句话都让在场的听众醍醐灌顶，获益匪浅，临近结束依然有种意犹未尽的感觉。

（下文是记者郭亚群根据解聘如先生在“昭阳讲坛”上的“人与人生”讲座录音整理而成）

世界有三大问，第一问，我是谁？我的理解是，世界上每一个我，都是人，不是一般的动物，我们应该用一生去做一个真正意义上的人。第二问，我从哪里来？我们从宇宙中来，父母是我们的生命之舟，我还要加一句，我从故乡来，因为故乡是我的根。因此，我应该感恩宇宙，感恩父母，感恩故乡。第三问，我往哪里去？我觉得我们要经历一个漫长而短暂的人生，去回归宇宙，光光地走，正如光光地来。在我走得很远的时候，我发现我的心在故乡，所以最后我回到故乡。

有句古话，三岁看大，七岁看老。因此，从小受到的教育特别重要，我们兴化是文化之乡，文化名人很多，大家都知道有个郑板桥，人家问我是哪里人，我就说我是郑板桥故乡的人，郑板桥和我是同一个地方的。板桥文化太丰富了，对于我们做人、做事有非常好的指导意义。他吃亏是福是人生之道，他粗茶淡饭是生活之道，他崇尚兰竹是修养之道。如果我们兴化人甚至于每个中国人，都能把板桥文化传承好，很多事情都不会发生，或者说很多不应该发生的事情都不会发生。

我大学毕业 55 年了，回头看看，自己做了一些事，而且好像做得都比较对头。为什么有这样的结果？我觉得，最早是家乡给了我非常好的营养，尤其是板桥文化的浸润。

下面我就简略讲讲我的经历。20 世纪 50 年代末，我从南京大学外国语文学专业毕业后到北京的新华社总社工作。当时，我们国家物质匮乏，我们三代四口人住在八平方米朝西的小房子里，吃饭是半饥半饱，但是我觉得这些都算不了什么。物质对人类来说，是生存的基础，但是它不是最重要的。我认为当时最迫切需要的是知识和认识。从 1958 年到 1964 年，我每天晚上 7 点半在新闻播报后，坚持有计划地学习三个小时：第一学外文，我是学法文的，要进一步提高法文水平；第二学新闻业务，因为我学的是外国文学，到新华社干的则是新闻方面的事；第三学国际政治。每天三个小时，积少成多，六年就是 6000 多个小时，这 6000 多个小时对我这一生从知识和认识的角度来讲，是不可代替的。在年轻的时候，我们究竟应该把精力放在什么地方，是很值得思考的。我算了一下，从大学毕业到退休是36年，三个12年，很快就过去。如果你把注意力放在物质追求上，你也可以很忙活，可忙到老的时候你会感到很空虚。

除了学习，我还要工作。刚参加工作，我年轻，人家年纪大，所以小事主动做，大事、难事学着做。人民大会堂，一年时间就建成了，我参与了。还有，当时有个有名的劳动小组，就是时传祥，我跟班这个小组。掏粪，一开始觉得很臭，不过久闻其臭也就不觉得怎样了；背粪，一开始不会走，没有节奏，走得很颠簸，大粪就不断往脖子后面灌，后来走好了，都觉得有种成就感，有一种美感。其实，什么事情做好了都是美的。还有一点，在那个物资匮乏的时期，我把鸡蛋、豆制品等节省下来送给一些浮肿病人，或者是同事中的产妇，力所能及地帮助人。我省吃俭用攒了200元钱，是几个月的工资总和。当时，有个年轻的同事，他家在农村，洪水冲坏了房子，我就把全部存款捐给了他，一开始想捐一半，后来总觉得没尽力，就全部给了人家。还有一件事，当时组织上找我谈话要给我涨工资。这样的名额只有5个，因为我表现比较好，所以符合条件。我当时就想到，比我困难的人有的是，便把名额让出来了。这些事情做了之后最大的收获就是，觉得心里比较踏实，感到快乐。

当年新华社有一个公派名额，到法国留学，大家推选了我，我考试也通过了，去法国攻读文学。在法国学习以后，我近20年时间待在欧洲、非洲等一些法语国家。当初，总社让我去阿尔及利亚做分社负责人，待遇为二等秘书。我觉得，虽然我在总社业务熟悉，但是我并不熟悉分社的工作，只不过在法国留学时在巴黎分社实习过一段时间。因此，我向组织提出愿意从最低的助理记者做起，这样我觉得踏实。志存高远，还要脚踏实地。领导考虑我提要求的态度诚恳，就同意了。我就从随员做起，一步一个脚印，很快就成了业务骨干，而且整个分社的工作从上至下，我都得心应手。一年过去，我就升到记者、三秘，再过一年，我就从阿尔及利亚转到突尼斯做分社的负责人。虽然被耽误了两年，但也锻炼了我，各个方面在同行中名列前茅，我觉得吃这样的亏很值得。后来，我就成为分社社长，负责10个国家的三个分社。我觉得，你能做什么，最后自然会给你做。

1987年，广东省一位副省长在国外访问时认识了我，他希望我到广东省工作，后来我就来到广东，当了13年的官员。一开始是外办主任，后任新闻出版局局长兼出版社社长，在这期间我做了一些事。在外办岗位上，我促成了中国第一个中法合作的法国语言培训中心，后来上海、北京、成都也相继创办。一开始，很多人认为在广州办这样一个中心是一种文化侵略，但是当时广东已经开放了，我觉得这件事情是很有意义的，因为我们需要外语干部，企业需要外语人才。在我的努力下，法国里昂、德国法兰克福、新西兰奥克兰等地，还与广州结为友好城市。签证处的工作原来需要半个月甚至三个星期才能完成，我了解工作程序后提出了整改建议，之后一般事项两个工作日就能办完。

担任广州市新闻出版局局长时，我主办和实施了广州出版社和国内最早的书城之一——广州购书中心。做创新的工作，要付出更多的努力和更大的勇气。1994年，我策划主编了全国第一本用漫画形式演绎革命理论的《小平说：什么是社会主义》，《人民日报》专门发表了评论员文章。中央电视台《新闻联播》也报道了，美国《华盛顿邮报》、英国《每日电讯报》、法国《世界报》等媒体，都在重要版面用了较大篇幅报道了这件事。因为这是一种政治动向，后来此书印发了100多万册，获得广东“五个一工程奖”和“中国图书奖”。

退休后，我做的第一件事情就是在2001年创立了中国第一个地区性的民营经济研究会。其时，中国加入WTO（世界贸易组织）一周年，民营企业家的素质参差不齐，他们迫切需要理论指导和实践支持。研究会成立后，我们就开办了南方企业家论坛，聘请一流的经济学家参加。当时的全国“两会”期间，代表、委员对论坛评价很高，称其是一个真正有分量、有意义的论坛，该论坛主题重大、专家权威、观点前瞻。我觉得，我们做事就要做现在最需要的，要追求卓越，做好每一件事。

（本文摘自《兴化日报》2013年10月14日）

2006年12月在第五届南方民营企业家论坛上致辞

成长的主题词 /

——懂道理　好习惯

黄敏瑜

名家档案：解聘如

获“法国教育勋章”（又称“法兰西教育骑士勋章”）。曾任新华社驻外分社社长、广州市新闻出版局局长、广州市政府参事。创办广州出版社和《看世界》杂志社。现为广东省关心下一代工作委员会特约研究员、广州市文史研究馆馆员。

解聘如在广州市儿童活动中心的“爱孩子讲堂”上讲过，教育孩子最重要的是两条：一是引导孩子学会分辨“是与非”“美与丑”；二是让孩子从小养成良好的习惯。其中，启蒙教育的主题是“是非”教育，基础教育的主题是良好习惯的培养。

启蒙教育：是非观

“孩子的教育其实很简单，就是要让他懂得基本的道理。”谈到对孩子的家庭教育，解聘如用了这句话作为开篇语。话里所说的“基本的道理”，是孩子从小就应该学会的是非观念——“应该”“不应该”；“是”“非”；“美”“丑”，都要分辨清楚。

“我小时候，看一下妈妈的眼神，就知道这个事情该不该做。”从懂事的时候开始，解聘如就在母亲的教导下，知道“是与非”“美与丑”不能错。这一份教育理念，也从解聘如身上传承到他的子女和外孙身上。

是非观念是从一件件小事中培养出来的，别人的东西不能拿，待人有礼，捡到别人的东西要还回去，不闯红绿灯，等等。解聘如认为，给孩子的教育在每个细节上都不能马虎，应该和不应该就要分清楚。“许多家长在小事上对孩子的要求不那么严格，不那么在意，总以为‘孩子小不懂事’，却没有意识到身为家长的这种态度恰恰起到了纵容的效果，当孩子一天天长大成人却依然‘不懂事’，一切就都晚了。”

基础教育：习惯

良好的习惯是我们耳熟能详的行为，如爱读书、懂礼貌、不依赖、不自私等。但是，这谁都会说的事情，真正能够做得到，能教会孩子做到的却是少数。解聘如认为，习惯，能左右孩子的成败与健康。

因为工作关系，解聘如和妻子曾经常年在国外工作，只能把正在读小学的女儿和儿子送到杭州的舅舅家住。几年后，解聘如回到国内工作了一段时间，这一年恰好儿子要考初中。解聘如用了一段时间亲自辅导儿子备考，他的辅导，正是着眼于习惯的纠正。孩子们在舅舅家的几年，吃得好睡得香，身体很好，也很勤快，也学会了使用缝纫机、做菜、骑三轮车……但有一个毛病——定不下心来读书学习。因此，刚开始辅导，解聘如给儿子买了《居里夫人》《名人传》《围城》《上下五千年》……

要求他静下心来把书读完。儿子不时抱怨“看不下去”，解聘如就规定儿子：除了做功课，每天在书桌前坐一个小时读书，即使看不进去书，也不许离开书桌。“暑假看不完，寒假再继续看，一定要看完。”

渐渐地，儿子养成了爱读书的习惯，甚至到了痴迷的程度，“看书看到要催他起来活动活动”。不久儿子考上了北京师范大学附属实验中学。后来他的成绩也一路拔尖，还以理科第一的成绩考到心仪已久的厦门大学。回顾对孩子的教育，解聘如总结出这样的心得：“一棵树，从树苗的时候修正，长大后自然也就干直叶茂。若是长大了才去修剪，不但费事，而且事倍功半。”

爱的教育：阳光雨露

解聘如读小学的时候，有幸读到了《爱的教育》这本书。这本书对他一生的影响很深。“第一次读到这本书，我掉下了眼泪。因为读了这本书，我学会了感恩。”把“爱的教育”延伸到对孩子的教育上，解聘如的理解是：“感恩和爱是教育的根本，像阳光雨露那样呵护、滋润孩子的心田。”

新华社驻外记者的工作，使得做父亲的解聘如不能常常陪伴在孩子的身边，聊起孩子的成长，他也有一些遗憾，“我如果不出国，孩子们会更加出色”。因为两年才能有一次休假回国的机会，解聘如平时会要求孩子每个月与父母通信一次（当时的信使一个月才往返一次），哪怕只写上三五句话也好。每个月的远洋书信陪着孩子们成长，而孩子们在学习和生活中遇到的难题，也只能通过一封封家书与父母商量、探讨。

名家名言

给孩子最好的教育就是给孩子最好的未来。

人生有几处极其重要的十字路口——童年心地的培养，少年志趣的确立，青年伴侣的选择，中年入世而不俗，老年成熟而不僵。

家教镜头：幼儿园的第一周

采访中，解聘如讲起小外孙上幼儿园时候的故事。

小外孙去的是全托幼儿园，为了让他尽快适应幼儿园生活，孩子刚上幼儿园的第一个星期，一家人就狠下心来放弃星期三能把孩子接回家一个晚上的机会，坚持到星期六（当时每周只有星期日才休息）才去接孩子。星期三那天，三岁的孩子一直站在幼儿园门口盼着妈妈出现，可是等到最后一个小朋友离开了，都没盼来妈妈。他只好拉着小朋友妈妈的手，说："阿姨，您能不能打个电话给我妈妈让她来接我回家呀？我妈妈的电话是……如果打不通，我们家的地址是……"让小朋友妈妈感动和惊讶的是，这个只有三岁的孩子不哭也不闹，而且还这样懂礼貌、乖巧。如今小外孙已经大学毕业工作了，在同事、老师和同学的眼里，他是个知书达礼、勤奋好学的优秀青年。

（本文摘自《岭南少年报·现代育儿周刊》2011 年 11 月 14 日）

听解老谈人生说感悟 /

韦英哲

执信中学副校长刘玲玲忆起 10 年前和学生一起备战高考的往事。当时，他们用一些人生警句备战高考，却不知警句的作者是谁。

2012 年 5 月 5 日，广州市中学生文联“聘如 · 人与人生”访谈在广州市执信中学举行。访谈嘉宾是年近八旬的解聘如老师，他在访谈中与 200 多名文联会员分享了自己的驻外经历和人生感悟。刘校长这才知道，当年所用的那些警句的作者，就是眼前这位睿智的老人。

15 年左右的驻外记者生涯，曾任新华社驻外首席记者、《人民日报》特派记者，走访过 40 多个国家和地区，在阿尔及利亚遭遇车祸，在乍得战地患上恶性脑疟，采访过阿拉法特、卡扎菲等国家领导人……

忆起那段浪迹天涯的日子，解老感慨：“当年的艰辛和危险，恰恰是今天最美好的记忆。这一长段经历，算得上我平凡一生的一笔真正财富，它使我拥有了比较强的适应力，为我的生命注入了难以枯竭的活力，使我懂得了生命力的价值在于创造，而不是占有。”

悬崖上车祸惊魂

汽车以近 90 公里的时速行驶在阿尔及利亚的盘山路上，天空中下着毛毛雨。

1972 年 12 月 6 日下午，解老乘车从外地采访返回。他多次提醒司机减速，注意安全，但司机却不以为然。最后，在一个直角拐弯处，车子箭一般冲出悬崖。

几十年后，回忆起当初那惊险一跃，解老仍然记忆犹新："我无意识地向车窗下一瞥，车轮已越过崖边。当下，我并没有惊慌。那时的前排座是没有安全带的，我的手自然地把着座椅边。这时，车身一边前冲一边下降，左边两个车轮在一个山坡上着陆，车子便向右翻滚，一圈两圈，越滚越快，数不清滚了几圈才'嘭'的一声着地。幸运的是，那一次我和司机都没有大碍，我也没有责怪司机。"

战地采访生死劫难

1983 年的乍得，战火纷飞。在乍得采访期间，解老得了一场大病，差点把命都丢了。

第一天，他和助手到旅馆下榻时已是凌晨二时多，旅馆只剩下一间没水没电的房间。室内温度 40 多摄氏度，蚊虫成群，他们只好似睡似醒地躺下。此后几天，解老都是从早上六时忙到深夜一两时。

恶劣的环境和高强度的工作，导致解老患了恶性脑疟。"那场脑疟让我昏迷了好几天，醒来时四肢呈瘫痪状态，10 多天后才逐渐恢复"。说起那场生死劫难，解老一脸平静："从那以后，无论生什么病，我的心态都很轻松。"

独家专访阿拉法特

阿拉法特是解老最敬佩的外国领导人之一。

1985 年 10 月 1 日，以色列空袭巴勒斯坦解放组织总部，全世界都在打听生死未卜的阿拉法特的下落。

“因为有巴勒斯坦朋友的帮助，我在当天下午便得知阿拉法特幸免于难。朋友还告知，阿拉法特决定接受我的独家专访。当天深夜，我乘坐友人的面包车到郊区。阿拉法特单独接见我和我的助手，他与我们激动地紧紧拥抱。我向他转达了我国领导人和人民对他的真挚问候以及对以色列暴行的强烈谴责。”

解老讲述专访阿拉法特的经历，显得有些激动。这次采访给他留下了不可磨灭的印象：“阿拉法特是一位真正的民族英雄，从不畏死，也不知疲倦，他为了和平与独立事业献出了一切。”

把感悟浓缩成《问答录》

20 世纪 80 年代初，解老出版了一本中法双语诗集。许多青年学子读了诗集后，向解老踊跃提问。后来，这些问答被整理装订成最初的《人与人生问答录》。解老说：“《人与人生问答录》使我表达出诗歌所无法表达的思考。”

《人与人生问答录》面世后，在国内外被广泛地传阅和朗诵。

2011 年，《聘如·人与人生——问答录》一书出版。中国教育学会会长顾明远评价道：“《聘如·人与人生——问答录》是用诗一般的语言回答了深邃的人生哲理。”

执信中学的于丽彤同学读了《聘如·人与人生——问答录》后有深刻

体会，她说："哪怕是青少年也要有所担当，在面对困难、挑战时，要坚强，学会释放压力，找到内心的平衡点。"

解老告诉记者，他接下来计划写美文，将一生中印象深刻的经历和感悟用短小精悍的美文呈现出来。

（本文摘自《现代中小学生报》2012 年 5 月 24 日）

“认真地做人，认真地做事”／

何晓晴

一个身份是曾有着海外长达 15 年传奇采访经历的前新华社驻外首席记者，另一个身份是退休后在广州创办了国内第一家地方性非政府机构的民营经济研究会——广州民营经济发展研究会，一转眼差不多五年了。他就是解聘如，一个充满勇气、敢于挑战自己的智者。

日前，在广州民营经济发展研究会朴素的会长办公室里，记者专访了解聘如。解聘如告诉记者，他几十年的人生信念就是“认真地做人，认真地做事”。

“生命在于不断积累”

谈到当初成立研究会的动机，解聘如认为那是一种责任感在驱使着他。“一个退休干部，有一定知识和经验，加上也具备一定的理论水平，还有一些资源可以起一定作用。当然，最主要的原因还是多年来形成的新闻敏

但做人还是可以成功的。如果做事也成功、做人也成功了，那就是比较圆满的成功。

做人、做事都要有真实的感情，同时也要理性地对待。工作有一种热情、感情在里面，处理事情、讨论问题则要理性，这样才不会意气用事，不会伤害别人，自己不断努力去做才会成功。

归根到底学习很重要，包括读书和实践，也包括思考，它是一种消化。学习是最大的乐趣和休息。

关于成功：以前以为只有把事情做成了就算成功，当与别人有了分歧的时候，“东风”压倒“西风”就算是成功。但如今认识到成功应该是大家的胜利和成功，只有双赢、多赢才算得上真正的成功，要把“西风”转化为“东风”，这才是胜利。

（本文摘自《民营经济报》2006 年 4 月 10 日）

听聘如谈人生 /

黄海志　　邓芳兰

和解聘如约定的采访时间到了，我们走进他位于东建大厦那间简朴的办公室。看到我们的到来，一位工作人员对着办公室最里面的一个小隔间喊了一声："会长，采访您的人到了！"一位老人马上从座位上站起来迎接，满脸慈祥地看着我们。难以相信，已经 73 岁的解老动作还那么麻利。

初次见面，解老似乎看出我们的紧张和窘迫，以新闻界老前辈独有的体察，笑了笑说："既然你们报纸叫《凤凰生活周刊》，那我们就谈谈生活吧！"手上拿的竟然是昨晚精心准备好的接受采访的谈话提纲。在采访之后，他把这份提纲交给我们，以方便我们完成稿件。

对话就这样开始了。在一个半小时的谈话过程中，大部分时间里都是他一个人在说，语速不紧不慢，语调不高不低，似乎还带有些许吴侬软语的痕迹。恍惚间，我们都以为回到了校园，在聆听一位阅历丰富而又十分健谈的老教授在给我们讲课，分享他对事物、对世界、对人生的独特看法和体悟。

“动物生存，而人则生活”

解老喜欢引用法国大文豪雨果的名言“人有了物质才能生存；人有了理想才谈得上生活。动物生存，而人则生活。”来讲解人类生活的高贵和不易。他说，为了追求这种生活，我们需要学习和工作，为祖国、为社会、为人类作贡献，这样才能过得充实。这些在今天标榜自由散漫的年轻人看来可能过于大气的理想和热诚始终贯穿于他跌宕生动而又阅历丰富的一生。

解聘如的家乡位于古城江苏兴化，文化积淀甚为深厚，“扬州八怪”之一、誉称“诗书画三绝”的郑板桥就出生于此。历史前贤的古风神韵也深刻影响了解聘如的成长成才。在小聘如 9 到 11 岁这几年，他就把家里的中外典籍都看遍了。

在诸多藏书中，小聘如最喜欢的还是意大利作家亚米契斯的《爱的教育》。这本书是以小学生日记的形式反映社会各阶层真实朴素的情感与人类温情。夏丏尊先生当年流着眼泪翻译的这本名著也同样给解聘如少小易感的心灵产生强烈的震撼。几十年后的今天，解聘如仍然忘不了当时的感受：“书读完了，发现父母和老师太伟大了，同学太可爱了，劳动太神圣了。当时就开始懂得感恩了，觉得自己要有志气做一个对国家和社会有益的人。”

解聘如家境还算殷实，但“将来长大了靠自己，不拿家里一针一线”的念头却像种子一样在他头脑里发芽了。他更加发奋读书了，睡觉前读，一醒来也读，越读越着迷，“成瘾了”。

1958 年南京大学法语专业毕业后，解聘如被分配到北京新华社总社任翻译兼编辑。1965 年 6 月，乘借中法建交的东风，作为新中国第一批外派到西方的留学生之一，解聘如得以赴法攻读文学。但是，就在要毕业的前几个月，国内发生了轰轰烈烈的“文化大革命”，学业没能继续下去而被迫回国。回顾这段生活历程，解老感慨颇多，但却没有什么怨言，他以一分为二的哲学思辨观点自嘲道：“我回国的时候，‘文革’的第一次浪潮已经过去了，我没受到太大的冲击，所以至今有朋友说我为人太好，缺乏上‘文革’这一课！”

其实，解聘如的谦逊好助是一贯的，刚参加工作不久，解聘如就碰上三年困难时期，国家实行食品配给制。仗着年轻、身体好的解聘如践行着同乡郑板桥“吃亏是福”的为人哲学，在那些艰难的日子里，他把分配到的鱼、肉、蛋都省出一部分送给生过小孩的女同志或者身体不好的同志。德行，当然还有能力，让解聘如多次被评为新华社全社先进、模范工作者，还参加了 1964 年那次盛大的中国共产主义青年团第九次全国代表大会。

50 年后的今天，对于同乡这句名言，解老是这样对记者表达他的理解的，“吃亏的好处是，正派的领导会更加信任你，大家也会信赖你。况且，不愿吃亏的人容易吃大亏。”他把“吃亏是福”作为生活的境界。

“交友要交良师益友，交贵人”

20 世纪 60 年代末至 1987 年初，解聘如当了近 29 年的新华社驻外记者。“在家靠父母，出门靠朋友”，作为身在异国他乡的记者，解聘如深刻体会到了朋友的重要性。

1985 年 10 月，以色列轰炸机从耶路撒冷飞到突尼斯首都突尼斯市市郊，轰炸了巴勒斯坦解放组织总部。该组织的整个三层小楼被炸得只剩废墟，各方都在猜测时任巴勒斯坦解放组织主席的阿拉法特是死是活。借助于巴勒斯坦朋友的帮助，解聘如当天下午就得知：阿拉法特因为有事刚好外出，幸运躲过此劫。这位朋友还通知解聘如，阿拉法特决定当天午夜接受他的独家专访。见面后，阿拉法特和解聘如激动地紧紧拥抱，解聘如向阿拉法特转达了我国领导人对他的真挚问候和对以色列暴行的强烈谴责。

回忆起这段经历，解聘如感慨地说："如果没那么多朋友的帮助，我就做不到。"

同样源于对朋友的重要性的深刻认识，2001 年 12 月，在中国加入世界贸易组织之初，广州民营经济发展研究会应运成立，成为国内第一家地方性非政府机构的民营经济研究会。

研究会作为致力于民营经济发展的实践探索，搭建民营企业优势互补、资源共享的平台，从建立伊始就十分注重企业家之间的相互学习和提高。

作为研究会的会长，解聘如说，民营企业现在正面临着第二次腾飞的历史性机遇，也面临着进行战略调整的任务。现今的社会，人际交往日益频繁，"更要求我们重视交友，企业家之间以及企业家和高层的专家之间以诚交友，交良师益友，交贵人"。

正是在这个认识层面上，广州民营经济发展研究会经常组织企业家开论坛，邀请一些国内权威的经济学家就民营经济的一些重大主题给企业家们演讲，还出版研究会会刊，建立网站，通过多种努力使研究会成为企业家们增进沟通和共同学习的平台。此举收到了很好的效果，老省长卢瑞华还特地为研究会题词"促进民营经济健康发展，献身强国富民伟大事业”，予以鼓励。

“以漫画形式解读邓小平理论”

在解聘如诸多经历中，策划和出版图书也是其中重要的一项。

党的理论类图书有时会给人一种单调枯燥的印象，但1996年，市面上一本叫作《小平说：什么是社会主义》的书籍却给人耳目一新的感觉。因为，这么一本讲解邓小平理论的图书居然运用的是漫画这样大众化的艺术形式！这本书的策划和主编，就是解聘如。

1994年1月，中央和各地宣传战线工作者齐聚北京人民大会堂，参加全国宣传思想工作会议，解聘如也出席了。江泽民在会上对宣传战线工作者提出了“现在我们最重要的战略任务是学习、贯彻和落实邓小平建设有中国特色社会主义理论”的要求。时任广州市新闻出版局局长的解聘如，以宣传出版人的责任感，当时就暗暗打算出版一本“能让工农兵、青少年都喜欢看、都看得懂”的讲解邓小平理论的图书。而要达到这样的目的，就“必须深入浅出、通俗易懂”。

回到广州后，解聘如经过再三考虑，决定运用漫画形式来出版这本图书。他把想法告诉领导和朋友，大家都说这个创意好，但是操作起来会有困难，还可能有政治风险，劝他不要做。但解聘如却不这样认为，他说，台湾漫画家蔡志忠画《老子说》《孔子说》，大人小孩都喜欢看，使中国传统文化通过漫画这种形式得到国际化的传播。邓小平理论作为一种科学的理论，为什么不能用漫画的形式来得到最大化的传播呢？看来，难题关键不在于形式的新颖而在于具体的操作上。说做就做，解聘如积极动员党校的两位老师，跟他们一起集体讨论和学习。最难的还是动员漫画家，因为这也真是一件吃力不讨好的事情，还可能承担风险。解聘如以书籍的巨大意义和良好前景最终说服了他们。同时，他还邀请省市两级社科院的专家给图书提意见，力邀中央党校的理论专家参与图书的审定工作。

1996年2月，同样是在人民大会堂，漫画本《小平说：什么是社会主义》在此举行了盛大的出版首发式，时任全国人大常委会副委员长卢嘉锡，以及国家新闻出版总署的领导出席了仪式。《人民日报》为此书的创新意义发表了评论员文章。该漫画本首次印刷30万册，随后又在天津印刷几十万册，全部售出。不久，该书被纳入全国优秀青少年读物书目，并在1998年荣获第十一届“中国图书奖”。奇好的社会影响印证了解聘如之前的自信。

最后，漫画本《小平说：什么是社会主义》前后总共印刷100万册，可以说是创造了一个党的理论专著发行量的神话。

“好心态是人生最忠实的伴侣”

解聘如一直信奉这样的生活态度：好心态是人生最忠实的伴侣。

作为新华社驻外记者，常年身在异国他乡，经常会遇到许多突发事件，如果没有一个良好的心态，别说多大的困难，可能连自己内在的心理关卡都突破不了。有一次，在非洲某国采访时，由于那时特殊的政治环境，解聘如被当地军队无缘无故地扣留住了。证件被扣，孤立无援，又没办法联系大使馆。在这种情况下，许多人肯定会觉得沮丧和难过。解聘如却从容对待，他坚信：国家的威望肯定能帮助自己解决问题。在见到军队长官时，解聘如抓住机会，从中国和非洲共同的反对西方列强的历史说到中非友谊的深厚。最后，军队长官被说动了，他得以安然无恙地离开了。回顾这段遭遇，解老说：“人都是有办法的，只要沉着，有智慧。”

“有人说婚姻是爱情的坟墓，我说它是一块土壤，关键看你怎么耕耘。”

2008年3月20日，广州三寓宾馆，一对夫妇正在这里举行金婚宴会。当两个老人手中高举着的酒杯相碰，发出清脆的撞击声时，台下亲朋好友掌声雷动。这对夫妇就是解聘如和他的夫人孙光凤女士。

1958年1月19日，23岁的解聘如在大学毕业前一学期和孙光凤完婚。到今年，这对夫妇已经一起携手走过了整整半个世纪的光阴。

记者要他回忆他和爱人第一次见面的感觉，解老的回答很平淡：“她学习好，比较聪明，人也朴实。”孙光凤是解聘如妹妹的同学，两人相识后就开始通信。“那时候基本都这样。”解老补充道。

“爱情的前一段是感情，后一段是责任。”正是这份感情加责任，让解聘如和孙光凤相濡以沫走过五十载的风风雨雨。

1958年底，孙光凤调入解聘如所在的新华社当译电员。1960年，他们的第一个孩子出生。从结婚到1965年初，夫妇两人在首都一起完整地度过了婚后的七年时光。

1965年，解聘如赴法学习，夫人则留在北京工作，此时他们刚刚有了第二个孩子，一个男孩。

1971年，在因“文革”从法国中断学习回国后的第三个年头，解聘如再次走出国门，远赴突尼斯当驻外记者。次年，夫人也踏上非洲的土地，来到他身边，两个孩子则寄养在杭州亲戚家里。

1981年，解聘如被分派到刚果工作。次年，夫人也到了刚果工作。“她每次总是比我晚一年，因为我需要安排好工作环境。”

1987 年，解聘如结束长期的驻外记者工作，夫妇一起回国，但夫人留在北京，他则南下广州，主持广州市政府的外事工作。直到 1995 年，孙光凤退休后来到广州，夫妇俩终于又在一起了。

傍晚时分，在这个南国城市美丽的越秀公园里，人们经常会看到解聘如夫妇在一起慢悠悠地散着步。

（本文摘自《凤凰生活周刊》）

网易艺术专访《小平说》作者解聘如、漫画作者赵晓苏／孙正亚

网易艺术：我们知道用漫画形式表现邓小平理论，这在当时的中国尚没有先例，您当时怎么会产生这样一个想法的？

解聘如：1992 年小平南方谈话像雨后的阳光照亮了中国大地，也照亮了中国人的心，带给改革开放、现代化建设极大的动力，解决了市场经济“姓资姓社”的大问题，三个有利于判断是非的标准，明确了“发展才是硬道理”，从而也完善了邓小平中国特色社会主义的理论。这是新时期的旗帜，必须在全国深入人心，特别要让广大职工、农民、战士和学生易懂易学，这就有必要采用一种让他们喜闻乐见的出版形式，出版一本通俗读物。

我想到了漫画形式。因为我发现，在当时无论是国外还是国内，漫画书越来越受欢迎，小孩子喜欢，成人也爱看。台湾漫画家蔡志忠画的《孔子说》《老子说》，由大陆的三联书店出版发行，在当时是热销的图书。人的

观念也在变，漫画可以是夸张的讽刺与幽默，也可以是调侃与赞赏。当然演绎同时代伟人的理论和演绎古人的言论还是很不一样的。演绎同时代伟人的理论更要严谨、准确、全面，这也是极为敏感的领域，万一有疏漏或不妥，弄不好会出政治问题。效果判决动机，拿古人调侃幽默一把，最多也就是学术上看法不同。但我反复思考后，就认为自己的动机是纯正的、积极的，而且事在人为，只要我们以高度严肃的态度、严谨的处理方法，在策划、编写过程中广为请教领导和专家，完善书稿的文字和漫画，严格审查后再交付出版。探索无罪，哪怕不成功也是有意义的。于是我着手物色编写助手和漫画作者。

网易艺术：我了解到，当时也有很多人劝您不要进行这样的尝试，那是什么让您一直坚持自己的想法呢？

解聘如：的确，在当时有不少朋友、上级领导都曾好意相劝，希望我放弃这个想法和尝试。我却坚持自己的主张，并且解释了坚持的理由，也阐述了编写思路和解决问题的办法：

1. 首先是反复学习邓小平理论著作，紧紧抓住其要领，深入理解其精髓。然后把经过讨论、研究的提纲拿出来请教理论专家。

2. 对于每一段语录，逐条讨论其需要表达的切入点，供漫画作者参考，画家的初稿画好后再集体讨论（应该说愿意这样做的画家也不多）。

3. 形成文、图初稿后分别征求中央党校、中国社科院以及中共广东省、广州市委宣传部相关领导和专家的意见，然后拿回来修改，并聘请相关领导作为顾问帮助终审把关，这样反复多次直至认可通过为止。

网易艺术：跟第一版相比，再版的《小平说》做了哪些变化？增加了哪些内容？

解聘如：第一版《小平说：什么是社会主义》，着重向读者介绍邓小平阐述的“什么不是社会主义”“什么是社会主义”“走自己的路，建设有中国特色的社会主义”“如何建设中国特色社会主义”。而新版《小平说，建设有中国特色的社会主义》，是站在新的历史起点上，为实现伟大的中国梦而增强走中国道路的理论自信、道路自信、制度自信。新版本更全面地演绎了邓小平理论，从十个方面介绍了中国特色的社会主义。此外，中英对照，也是新版本的一个亮点和特色。

网易艺术：您最想通过这本书带给读者的是什么？特别是我们当下的年轻人。

解聘如：现在中国人越来越了解世界了，但世界上很多国家对中国还知之甚少，他们也愿意了解中国在短时间内经济迅速发展、和平崛起的原因；我们也需要让外国朋友知道中国人民之所以选择了这样一条社会主义道路的深层原因——没有中国共产党就没有新中国，没有邓小平就没有改革开放，就没有老百姓的新生活……希望这本书也为外国人了解中国打开一扇窗口。

对于我们当下的年轻人，我认为他们只有充分地了解和理解什么是中国特色社会主义，才会少抱怨、多奉献，才能逐渐成长为有担当的一代。

网易艺术：赵晓苏老师，当年解老第一次找到您，跟您提出《小平说》的想法时，您当时是怎么想的？

赵晓苏：当时是20年前，听到解局说这件事，我很吃惊。首先是国内没有以漫画解读政治理论的先例。今天，你可以说没有先例的事情也可尝试，但在当年却没这么简单，随便哪位说句话，都可以把书稿打入“冷宫”。漫画是一种充满夸张和比喻的艺术，也是针砭性很强的艺术，在那时的环境中，什么情况都可能发生，满腔热情不一定有好的结果。因此，无论我多么信服邓小平理论，我都不敢贸然答应进行这项工作。所以，我是经过反复考虑才开始这项工作的。

网易艺术：因为政治理论是相对比较抽象的，我比较感兴趣的是您跟解老，是怎么把理论转换成形象的漫画的？能举个例子谈谈这种过程吗？

赵晓苏：首先，我敬佩解局的眼界和胆略。漫画界没人想到、没人敢做的事他做了，而且是义无反顾，敢于承担一切后果。从一开始，他就对我充满了信任。所以，我在画这本书时还是相对比较放开的。譬如第 5 面，以三只鸡表现当年“越穷越革命”的荒唐理论。第 28 面以“打兔子”的场景表现不停争论而贻误时机。第 40 面“吊死在一棵树上”表现在“姓资”“姓社”问题上的困扰。创作是困难的，但我必须最大限度地调动艺术想象力，以生动而比较准确的比喻、适度的夸张表现抽象的政治理论，切忌把漫画画成宣传画。我每次都是画一些草图，然后和解局等人一起讨论，中间的争论肯定不少，但大家都是为了全力做好这本书，合作还是比较顺利的。

网易艺术：相对于国外，国内描写政治主题的漫画作品还不是很多，那您对这种类型的漫画作品在中国的发展有什么样的看法？

赵晓苏：确实是这样，因为政治主题太过敏感，创作难度高。没有多年的漫画创作经验、一定的政治理论水平和文学素养是难以涉足的，也实在驾驭不了这类题材。我个人长期在媒体担任漫画主笔，几乎每天都为报纸创作一幅新闻漫画，也画中国画，同时也热衷于阅读和写作，解局当年找到我大概也是基于这些因素。

以漫画表现哲学思想的不少，也比较成功。表现古代先贤们一些学说的也很好。直接表现现代政治的比较少，也实在不容易。邓小平理论平实、简洁、生动，也就是我们现在说的“接地气”。绕来绕去的理论不一定是好理论。邓小平理论是一套完整、务实的好理论，并且接受了实践的检验，这一理论给中国人民带来的福祉无法计量。为这一理论画漫画是我的荣耀，也激发了我最大的创作热情，一旦确定要画，我就拿出十分的努力，而且不断地修改，使其尽可能完美。

以漫画表现政治理论确实是一种好办法，但是政治理论漫画的发展同样取决于民主政治制度的进步和完善，取决于漫画作者的创作热情，还要有像广东高等教育出版社这样的出版单位敢于做，并且尽可能把书出好，我希望不断有好作品出版。

网易艺术：刘宗贵老师，当初是怎样的机缘促成了新版的《小平说，建设有中国特色的社会主义》在贵出版社出版的？

刘宗贵：去年 11 月吧，在和赵老师的一次聚会中，他提到了今年是邓小平 110 周年诞辰，他想把十多年前和解老合作出版过的《小平说：什么是社会主义》重新修订再版，我当时一听就有一种很强烈的感觉。我觉得这是一个非常好的选题，我马上就请求赵老师和解老沟通一下，把这个选题给我来做。因为赵老师觉得我做事比较靠谱，所以他当场就表了态，全力支持我。通过赵老师的引见，我认识了德高望重的解聘如老师。我回社以后立即向社长汇报，杨社给予这个选题以高度肯定。经社长办公会研究，决定将该选题列入今年的重点选题之一。经过出版社和作者的通力合作，几番的研讨和努力，终于成就了展现在读者面前精美的《小平说，建设有中国特色的社会主义》精装本和平装本。

网易艺术：从一个专业的出版人的角度，您会怎么评价《小平说，建设有中国特色的社会主义》的特色，或者是它哪方面最让您感兴趣？

刘宗贵：《小平说，建设有中国特色的社会主义》主要有四方面让我感兴趣：一是内容。该选题遴选了邓小平理论 10 个方面的主体内容，涵盖

75 个知识点。今年是邓小平 110 周年诞辰。邓小平是中国特色社会主义道路的开创者，是中国改革开放和社会主义现代化建设的总设计师。当前中国正在进行全面深化改革，因此，我们觉得该选题的出版具有重要的历史与现实意义，同时也表达了我们对邓小平的无比怀念和崇敬之情。二是作者。解老师和赵老师，他们为人诚恳、专业水平高、社会责任感强，按照出版社的行话来说就是高端作者。三是表现形式。该书采用了人们喜闻乐见的漫画形式来呈现，紧密围绕主题内容，深入浅出地表现了邓小平关于建设中国特色社会主义的基本观点，令人耳目一新，把内容上的严肃性与形式上的幽默性和可读性有机地融为一体。无疑，这是一种积极有益的探索，是一种表现形式的创新，更加贴近广大读者的阅读需求。四是中英文对照。该书不仅是一本供中国广大青少年学生、干部群众、战士、农民朋友阅读的政治理论通俗读物，也是一本供外国读者了解中国改革开放和中国特色社会主义实践的“外向型”图书。我们相信该书的出版对中外广大读者学习了解邓小平理论的主体内容将有所裨益。

网易艺术：新版《小平说，建设有中国特色的社会主义》从出版到现在也有一段时间了，读者们的反响如何？

刘宗贵：《小平说，建设有中国特色的社会主义》自今年 3 月份出版以来，深受读者好评，首印 5000 册，在短短的两个月内就售罄，第二次又加印 5000 册，至今库存也所剩无几，正准备第三次加印。

同时，该书今年被广东省教育厅列入第七届广东省中小学“暑假读一本好书”活动推荐书刊目录，位列第二。

（本文摘自《网易艺术》2014 年 7 月 28 日）

陆

荣誉

获得『法国教育勋章』（又称『法兰西教育骑士勋章』）

“法国教育勋章”花落羊城 /

梁健敏　吴　莎

信息时报讯（记者：梁健敏　通讯员：吴莎）拿破仑在200年前设立的“法国教育勋章”（又称“法兰西教育骑士勋章”）花落羊城。原广州市新闻出版局局长、广州民营经济发展研究会创会会长解聘如获勋。并于昨日举行授勋仪式。

法国驻广州总领事章泰年先生告诉记者，“法国教育勋章”是拿破仑为了嘉奖法国教育界人士所作出的贡献而于1808年设立的，由法国国家教育部批准颁发。该勋章还颁给在世界范围内为法国文化、科技和艺术的发展和传播作出贡献的外国人士；该勋章是法国四种部级荣誉勋章之一，因其形状为棕榈叶而还被称为“棕榈叶教育勋章”。

据悉，年过七旬的解聘如先生于1965年6月被中国政府选派至法国留学，后来长期任新华社驻外记者，采访和访问过5大洲40多个国家和地区，专访过法国等10多位法语国家的国家元首及政府首脑，也担任过中国总理、副总理出访上述法语国家的首席记者；1987 年后，解聘如先生主持广州市政府外事办公室的工作，其间拓展了法国里昂市成为广州的友好城市；20 世纪 80 年代以来，解聘如先生出版了以法文文本撰写的《聘如诗选》和译著近 10 种，并主编了《法汉短语词典》等，还因创作了极具影响力的诗歌而于 2001 年 6 月应邀出席世界诗歌学会成立大会并当选学会委员。章泰年先生还说："由于解先生在世界上人口最多、历史文化最悠久之一的中国大力推广法国文化，为中法文化交流作出十分突出的贡献，所以，他获得'法国教育勋章'是理所当然、实至名归的！"

据了解，此前，广州中山大学的刘文立教授和王宾教授、广东省人民友好协会的陈康先生亦曾荣获此勋章。迄今全国仅有 20 余人获此殊荣。

（本文摘自《信息时报》2008 年 10 月 16 日）

法国驻广州总领事章泰年先生致颁奖辞 /

L.MONMAYRANT

Discours du Consul général pour la remise des palmes académiques

à M.XIE Pinru (15 octobre 2008)

女士们、先生们，亲爱的法国和中国朋友们：

感谢各位出席今天的活动。我非常高兴在这里和大家一起为解聘如先生颁发“法国教育勋章”（又称“法兰西教育骑士勋章”）。这个勋章是授予杰出人士的最享有盛名的法国勋章之一。

我在这里介绍一下，棕榈叶勋章是拿破仑在1808年“为了嘉奖教育界人士的出色成就和为教育所作出的贡献”而设立。同时，它也会颁给像您一样的，为法国的文化、科技和艺术在全世界范围的发展和传播作出杰出贡献的外国人士。

通过给您颁发这个勋章，法国向您表达它的谢意，感谢您一直以来为促进法国和中国之间的文化联系，尤其在文学交流方面所作的贡献。

我们知道，20 多年以来，您以特有的冲动和热忱，一直不断地促进法国和中国华南地区在文化、经济和政治方面的友好往来。您精通法语，因此您总是法国和广东省之间的合作项目谈判和实施的对话人。

1935 年出生于江苏省泰州，您从小就大量阅读中国文学作品。后来，您这种对于文学的爱好在南京大学求学时得到了充分施展，您在那里学习法国语言文学并且主持一个诗社。1958 年，您对于文学的敏锐易感特质自然而然将您带到法国。您成为得到法国政府奖学金的最早一批中国留学生之一，来到了格勒诺布尔大学学习。但是，您的祖国将您召回了中国。

您和其他在外国求学的中国留学生一起回到了您的祖国。您重新回到了新华社，担任翻译和编辑的岗位。由于职业的关系，您作为新华社首席记者在外国度过了差不多 15 年，包括阿尔及利亚、突尼斯、刚果以及其他法语系国家。因此您曾多次陪同中国当时的总理们去国外出访。

1987 年您被任命为广州市人民政府外事办公室主任。您成为法国驻广州总领事馆最好的对话者，致力于推动法国和广州市之间文化、经济和政治交流。1988 年，您促成了法国里昂和广州结成友好姐妹城市，而今年我们正好庆祝里昂和广州结好 20 周年。

另外，您还积极支持广州法语培训中心的成立。广州法语培训中心是法语联盟在中国的第一家分支机构，我们不久也将要庆祝它成立 20 周年。自成立以来，越来越多的学生到广州法语培训中心学习，为法国语言和文化在广州的传播起着重要的作用。

而在经济领域，你促成了多个法国企业，如法国大型银行巴黎国民银行和大型保险公司 AXA 安盛保险公司在中国的设立。

您这样的经历对于一个人的一生来说已经足够丰富充实，但是您并没有因此而荒废了您写作的天赋。相反，您出版了多本诗选和诗集，如《聘如问答录》等，而且在 1998 年获奖。

您退休后仍然和以前一样活跃。您积极参与广州的各种社会活动，并且还主持编撰《广州民营经济研究》季刊，参加与艺术、科技和经济有关的各种政府协会。

因此，亲爱的解聘如先生，我谨代表法国向您表示热烈的谢意，感谢您对法国文化和语言，对我们和广东省之间的合作，尤其是在语言和文化方面的合作，长期以来的支持和帮助。

我很荣幸能够代表法国政府向您颁发这枚“法国教育勋章”。

聘如先生在授勋仪式上的答谢辞 /

尊敬的总领事章泰年阁下,

尊敬的副总领事孟若兰女士,

尊敬的各位亲朋好友,女士们、先生们:

整整200年前,拿破仑亲自设立了一种勋章——“法国教育勋章”。

设立这个勋章,是为了嘉奖法国教育界的杰出人士,也是为了嘉奖在世界范围内传播和弘扬法兰西文化作出贡献的外国人士。

今天,章泰年总领事先生代表法国政府给我颁发了这枚勋章,本人获此殊荣,自然深感荣幸。

今天的授勋仪式,简约而又热烈,短暂而又难忘,它无疑是很有意义的。其意义,主要不在于是谁接受了这份荣誉,我个人只是为中法人民友好做过努力的众多中国人士的一名代表,也只是21世纪60年代新中国第一批公派法国留学群体的一名代表;今天的授勋仪式,更重要的意义在于,它生动地体现了总领事章泰年先生及其助手们推进中法人民友谊的热忱和努力；也体现了法国政府对两国关系的重视与友好。这使我们更加坚信，中法优秀文化的融会，注定了我们这两国人民的友好潮流，会愈来愈波澜壮阔。而对于我们大家来说，沟通、友好、合作，才是最珍贵的。为此，我请朋友们和我一起，用最热烈的掌声，向章泰年总领事表示崇高的敬意和衷心的感谢！

同时，今天的授勋仪式，也为我和亲朋好友们提供了一个在美好宜人的金秋时节欢聚一堂的良机。我始终认为，真诚的友情、亲情和身心健康、厚德自强，共同构成了人生最宝贵的财富，甚至是快乐和力量的源泉。

所以，我今天最想说的话就是：我无限地感谢你们，我的中国和法国的真诚朋友们，我为拥有你们的真情厚谊而自豪！

祝愿各位合家安康！事业兴旺！天天快乐！谢谢！

2008 年 10 月接受“法国教育勋章”

受勋后与家人合影

“法国教育勋章”

南京大学校友总会的贺信 /

尊敬的解聘如校友：

欣悉您获得由法国政府授予的教育勋章，我们谨代表南京大学海内外校友，向您表示热烈祝贺！

您早年就读于南京大学法语专业，多年来一直致力于推动中国与法国在教育、出版等领域的合作与交流，在增进中法教育界间的相互了解和友谊、促进中法文化交流等方面作出了非常多的贡献。今天您获得此项荣誉，这既是对您本人的褒奖，亦为南京大学增辉添彩，母校为有您这样的杰出校友而感到自豪！

再次祝愿您继续为促进中法两国关系的和谐发展和增进两国人民的友谊作出更大的贡献，并致以最诚挚的敬意！

南京大学校友总会

2008 年 10 月 8 日

杨赞贤的贺电 /

解聘如先生：

欣悉您荣获“法国教育勋章”，兹谨表衷心祝贺！祝您继续努力，为中法友谊作出更大、更值得骄傲的贡献！

西安　杨赞贤

2008 年 10 月 9 日

（杨赞贤系聘如留学法国的老同学）

祝愿阁下在增进中、法两国人民的传统友谊，促进两国教育、文化交流和合作事业中作出更大的贡献！

顾宗炎

2008 年 10 月 13 日于武汉

（顾宗炎，中船重工集团某研究所高级工程师，我国早期参与研制潜艇的专家之一，聘如高中同学）

魏纪中的贺电 /

解聘如先生：

欣闻你获“法国教育勋章”，特此向你表示最热烈的祝贺。

这也是我们国家的光荣。因为您为中、法两国的文化和教育的交流作出了贡献。

值此授勋之际，请接受我的祝贺和敬意。

魏纪中

2008 年 10 月 15 日

（魏纪中，曾任国际排联主席，聘如大学同班同学）